千江有水千江月

千江有水

千江月

珍藏版

萧丽红 著

人民文学出版社
PEOPLE'S LITERATURE PUBLISHING HOUSE

著作权合同登记号　图字 01-2021-3984

本书中文简体字版由联经出版事业公司授权出版

图书在版编目(CIP)数据

千江有水千江月：珍藏版/萧丽红著.—2版.—
北京：人民文学出版社，2018(2023.3重印)
ISBN 978-7-02-013907-1

Ⅰ．①千…　Ⅱ．①萧…　Ⅲ．①长篇小说-中国-当代
Ⅳ．①I247.5

中国版本图书馆 CIP 数据核字(2018)第 042222 号

责任编辑　　陈彦瑾
特约策划　　邱小群　张玉贞
封面设计　　汪佳诗

出版发行　　人民文学出版社
社　　址　　北京市朝内大街 166 号
邮政编码　　100705

印　　刷　　凸版艺彩(东莞)印刷有限公司
经　　销　　全国新华书店等

字　　数　　201 千字
开　　本　　890 毫米×1240 毫米　1/32
印　　张　　8.375
版　　次　　2006 年 5 月第 1 版
　　　　　　2013 年 1 月第 2 版
印　　次　　2023 年 3 月第 4 次印刷

书　　号　　978-7-02-013907-1
定　　价　　75.00 元

如有印装质量问题，请与本社图书销售中心调换。电话：010－65233595

献　给

故　乡　的　父　老

1

贞观是出生在大雪交冬至彼时;产婆原本跟她外家阿嬷说:"大概霜降时节会生。"可是一直到小雪,她母亲仍旧大着腹肚,四处来去;见到伊的人便说:"水红啊,拖过月的因仔较巧;你大概要生个状元子了!"

她母亲乃从做姑娘起,先天生就的平静性格,听了这般说话,自是不喜不惊,淡然回道:"谁知啊,人常说,百般都是天生地养的……谁会知呢?!"

贞观终于延挨到冬至前一天才落土,生下来倒是个女儿,巧拙尚未分,算算在娘胎里,足足躲了十一个月余——

到她稍略识事,大人全都这么说笑她:"阿贞观,人家都是十个月生的,为什么你就慢手慢脚,害你娘累累、挂挂,比别人多苦那么两下?"

贞观初次听说,不仅不会应,还觉得人家问得很是,这下缠住自己母亲问个不休;她母亲不知是否给她问急了,竟教她:"你不会这样回:因为那天家家户户都搓冬至圆,我是选好日子来吃的。"

问题有了答案,贞观从此应答如流,倒是大人们吃了一惊;她三妗还说:"我们阿贞观真的不比六七岁的因仔……到底是十二个月生的!!"

乍听之下,贞观还以为自己生得是时候;后来因为表姊妹们一起踢毽子,两人都是二十六下,银蟾一定要说自己赢。

"为什么?"贞观笑问道,"不是平吗?"

银蟾说:"数目相同,就比年纪;你比我大一岁! 自然算你输!"

贞观不服,问她几岁,银蟾说是六岁,贞观啊哈一声笑出来:"说平你还不信,比什么年岁,我也是六岁啊!"

银蟾嗤鼻说她:"谁说你六岁? 正头算? 还是颠倒算?"

"六岁就是六岁,怎样算都是六岁!"

银蟾收起毽子,推着她往后院走:"好! 我们去问!! 随便阿公、阿嬷抑是谁,只要有人说你六岁,我就输!"

后院住的她三舅、三妗;芒种五月天,后园里的玉兰、茉莉,开得一簇簇,女眷们偶尔去玩四色牌;那房间因吃着四面风,凉爽加上花香,一旦知滋味,大家以后就更爱去,成了习惯。

二人一前一后,才踏入房内,见着她母亲背影,贞观就问:"妈,我今年是几岁啊?"

大人们先后回过头来,唯有贞观母亲静着不动,伊坐在贞观大妗身旁,正提醒那红仕捡对了。

这下贞观只得耐心坐下来等着,谁知一旁她二姨开了口:"阿贞观肖牛,肖牛的今年七岁!"

像是气球一下扎了针,贞观一时间竟说不出话来;银蟾见此,立刻挨到她身旁坐下,抓了她的手轻拍着,却又仰头帮她询问:"贞观是说,我们读同一班,为什么我是六岁?"

"人家银蟾属虎!"

"属虎六岁? ……为什么属虎就六岁?"

贞观这一问,众人差不多全笑了起来,连她母亲都抿了嘴角笑说道:"你今日是怎样？跑来番这个？"

说话的同时,她二姨等到了四色卒;于是众人放下手上的牌,重新和局。

她大妗伸手按了贞观的肩头,说是:"阿贞观,大妗与你讲,生肖岁数是照天地甲子算的,牛年排在虎年前,当然牛年的人大一岁!"

贞观这下问到关头来了:"可是,大妗,我们只差一个多月,银蟾只慢我四十二天!"

这下轮到她三妗开口了,伊一面替赢家收钱,一面笑贞观:"照你这样算法,世间事全都算不清了;你还不知道,有那廿九、卅晚,除夕出生的,比起年初一来,只隔一天,不就差一岁吗?"

贞观一时无话。

她三妗接下道:"等你大了,你才不想肖虎呢,虎是特别生肖,遇着家中嫁娶大事,都要避开……对了,你还多吃一次冬至圆呢!你忘记了?单单那圆子,就得多一岁!"

众人又笑;贞观腮红面赤,只得分说:"——其实……人家也没吃到——"

话未完,只听得房门前有人叫贞观,她待要起身,先听得她三妗笑唤道:"四婶,四婶,你快进来听!阿贞观在这里计较年岁,跟汤圆赖账呢!"

2

小学六年书念下来,贞观竟是无有什么过人处,虽说没押在众人后,倒也未曾领人先,拿个温吞吞第七名,不疾不缓,把成绩交上去;她母亲大概失望了，说了她两句，她外公却开口替她分明："水红，你这句话层叠，想想看，你自己五叔念到东京帝大的医学士，也算得人才的，你知么？他到了上中学校，还一直拿第二十名呢！古人说大只鸡慢啼；提早会啼的鸡，反而长不大，小学的成绩，怎么就准了呢？"

她母亲不作声；她外公又言道："你听我说：女儿不比儿子，女道不同男纲；识者都知，闺女是世界的源头，未来的国民之母，要她们读书，识字，原为的明理，本来是好的，可是现时不少学校课业出众的，依我看，却是一点做人的道理也不知，若为了念出成绩，只教她争头抢前，一旦失去做姑娘的许多本分，这就因小失大了——"

贞观觉得外公这话正合她的心，更是聚会心神来听。

"儿子不好，还是一人坏，一家坏，一族坏，女儿因负有生女教子的重责，可就关系人根、人种了，以后嫁人家为妻做媳，生一些惶恐、霸气的儿女，这个世间还不够乱啊？"

贞观想着外公的问话有理，因为今天早上，她还看到两个男生在巷口打架。

"从前你阿祖常说的：德妇才生得贵子。又说：家有贤妻，男儿不做横事。由此想来，才深切知道女儿原比儿子贵重，想开导伊们，只有加倍费心神了！"

"阿爹见的是！"

"这样说来，明儿等伊联考考完，叫她天天过来跟我念千字文！"

考完初中联考，贞观其实是无甚把握，然而心里反而是落了担子的轻松；到底这六年的学业总得给人家一个交代。最兴奋，还是可以过外公家去念《妇女家训》《劝世文》。

她外公有大小一二十个孙子，除了她五舅未娶，其余都已成家。大舅早岁被日本兵征到南洋当军,十几年来不知生死。她大妗守两个儿子银山、银川过日子。二舅、三舅各有二男二女:银城、银河、银月、银桂、银安、银定、银蟾、银蝉。四房是一女一男:银杏、银祥,再加上贞观这班外孙儿女有事没事就爱回来,一个家不时地闹热滚滚。

开始与外公读书以来,贞观第一句熟记心上的是《劝世文》的起头:"天不可欺""地不可亵""君不可罔""亲不可逆"。

刻骨铭心以后,她居然只会从头念起;也就是整段文字一从中间来,她便接不下去。

一次,外公叫她们分段背,先由银月念起:"师不可慢""神不可瞒""中不可侮""弟不可虚""子不可纵""女不可跋"。

跟着是银桂:"友不可泛""邻不可伤""族不可疏""身不可惰""心不可昧""言不可妄"。

再来银蟾:"行不可短""书不可抛""礼不可弃""恩不可忘""义不可背""信不可爽"。

当银蝉念完:"势不可使""富不可夸""贵不可恃""贫不可怨""贱不可凌""儒不可轻"时,贞观竟忘了要站起来,因为她还在底下,正小声的从头念起——

读《千字文》就更难了,字义广,文字深,十几天过去,贞观还停在这几句上头:"空谷传声,虚堂习听","祸因恶积,福缘善庆","尺璧非宝,寸阴是竞"。然而愈往后,理念愈明;书是在读出滋味后,才愈要往里面钻,因为有这种井然秩序,心里爱着——"乐殊贵贱,礼别尊卑","上和下睦,夫唱妇随","外受父训,入奉母仪","诸姑伯叔,犹子比儿","孔怀兄弟,同气连枝"。

等念到《三字经》时,更是教人要一心一意起来;从"——为人子,方少时,亲师友,习礼仪","弟于长,宜先知,首孝弟,次见闻,知某数,识某文",到"犬守夜,鸡司晨,苟不学,曷为人,蚕吐丝,蜂酿蜜,人不学,不如物,幼而学,壮而行,上利国,下便民,扬名声,显父母,光于前,裕于后——"

贞观是每读一遍,便觉得自己再不同于前,是身与心,都在这浅显易解的文字里,一次又一次地被涤荡、洗洁……

3

暑热漫漫,贞观外公所以会选在早晨读课、念书;等吃过午饭,通常人人手上,会有一碗仙草、爱玉。

贞观吃这项,总是最慢,往往最后一个放下碗,不知情的,还以为她一人吃双份。

久了以后,竟然隐约听到一个绰号,真个又是生气又好笑:"九顿伯母?! 什么意思嘛?!"

其实她心里猜着十分了,只是不愿意自己这样说出来。

银蟾等人笑道:"就是人家吃一顿饭,你吃九顿啊!"

"我吃九顿? 谁看见了?!"

"没吃九顿,怎么那么慢?"

"……"

一嘴难敌两舌,贞观说不过众人,转头看男生那边,亦是闹纷纷:

"……"

"不好! 不要! 换一个!"

"啊,想起来,昨晚叔公在树下讲什么'开唐遗事',好了,我要做徐懋功!"

"我做秦叔宝!"

"我做程咬金!"

"尉迟恭是黑脸啊!我又不像!"

"不像没关系,本来就是假的嘛!"

……

银祥还小,才五岁,只有站着看的份;剩下一个银定,就是不肯做李世民!

"没有李世民,怎样起头呢?"

"那……看谁要做,我跟他换!"

"……"

这边的银蟾见状,忍不住说他道:"哈,你莫大呆了!李世民是皇帝呢!你还不要——"

银定这时转一下他牛一样的大眼睛,辩道:"你知道什么?!阿公说过:第一懋做皇帝,第二懋做头家,第三懋做老爸……还不知谁呆呢!"

原来有此一说,银川最后只得提议:"要别项好了!银蟾她们也可以参加;'掩咯鸡'是人多才好玩!"

捉迷藏的场地,一向在对街后巷底的盐行空地,那儿榕树极多,须垂得满地是,不止遮荫,凉爽,还看得见后港的渔塭与草寮。

可惜的,它的斜对面开着一家棺材店,店里、门口,不时摆有已漆、未漆的杉板;不论大红或木材原色,看来都一样的叫人心惊。

"掩咯鸡"得到众声附和,算一算,除了银山大表哥外,差不多全了;贞观本来想去的,可是说来奇怪,前几个夜晚,她老是梦见那间棺材店……这两天,走过那里都用跑的……

"阿贞观怎么不去？"

"我……我爱困！"

大家一走，连小银祥都跟去了，贞观想想无趣，自己便走到阿嬷房里来。

她外婆的床，是那种底下打木桩，上头铺凉板的统铺，极宽极大；贞观悄声躺下，且翻了二翻，才知自己并无睡意。

老人家睡得正好，再下去就要给她吵醒……

贞观想着，立时站起，穿了鞋就往后园走。

她外婆的三个女儿，只有二姨是长住娘家的；为了二姨丈老早去世，只留个半岁大的婴儿给伊，如今惠安表哥十七八了，在台南读高中，二姨一个人没伴，就被接回来住了。

今儿贞观一脚踏入房内，见着她大姈、二姨的背影，忽地想通这件事来——自己母亲和阿姈们，为何时常来此；她们摸四色牌，坐上大半天，输赢不过五块钱，什么使她们兴致致呢？原来她们只为的陪伴寡嫂与孀姊度无聊时光，解伊们的心头闷……

怪不得她外公不出声呢——

她二姨最先看到她，笑道："好啊，阿贞观来了，每次伊来，我就开始赢！"

她三姈笑道："这样说，阿贞观变成钱婆了，只可惜，钱婆生来大小心，看人大小目，扶起不扶倒——"

还未说完，大家都笑了；贞观有些不好意思，揉眼笑道："三姈，你真实输了？"

口尚未合，众人笑道："你听她呢！不信你摸摸伊内袋，一大堆钱等着你帮伊数呢！"

说着就说到读书的事来,她二姨问:"阿贞观考学校考得怎样?"

她母亲道:"你问她呢!"

贞观回说:"我也不知道,可是我把写的答案说给老师听,老师算一算,说是会考上。"众人都是欣慰的表情,独有她母亲道:"伊真考上了,也是问题,通车嘛,会晕;住宿舍,又会想家……才十三岁的孩子!"

她二姨问:"怎么不考布中呢?和银蟾有伴——"

"她们那个导师,几次骑脚踏车来说,叫我给她报名,说是读布中可惜,他可以开保单,包她考上省女!"

"……"

停了一下,她大妗提醒道:"阿贞观不是有伯父在嘉义吗?"

"是伊出生那年搬去的,这么大了,连面都没见过……"

……

听着,听着,贞观早已横身躺下,没多久就睡着了;小时候,她跟着大人去戏园看戏,说跟去看戏,不如说跟去睡觉,也不知道为什么这样爱睡,每次戏完散场,都是被抱着出来的。

母亲或者姨、妗,轮流抱她,夜晚十一二点的风,迎面吹来,叫人要醒不醒的……

大人们给她拉起头兜,一面用手抚醒她的脸,怕小孩的魂留在戏园里,不认得路回家……

贞观这次被叫醒,已是吃晚饭时刻;牌局不知几时散的,她母亲大概回家煮饭了;左右邻居都羡慕伊嫁得近,娘家、婆家只是几步路。

眼见饭厅内灯火光明,贞观忙洗了脸走来。在外公家吃饭,是男女分桌,大小别椅的,菜其实一样,如此守着不变,只为了几代下来一直是这般规矩。

更小的时候，她记得银蟾跑到银定他们那桌，被三妗强着叫回来……

贞观是以后才听自己母亲说是："女儿家，站是站，坐是坐，坐定了，哪里就是哪里，吃饭不行换座位，吃两处饭以后要嫁两家！"

她在厅门口遇着银月，问声道："还没开始吗？你要去哪里？"

银月拉住她道："捉迷藏还未散呢！大哥哥去找半天也没下落……谁还吃得下？"

贞观听说，亦拉了银月道："走！我们也去找——"

话未了，只见银杏，银蟾几个一路哭进来；那银蟾尤其是相骂不落败，挨打不流泪的番邦女，如今这样形状，众人哪能不惊？

"什么事啊？"

"什么事？"

连连问了十声，竟是无有响应；贞观二人悄声跟进厅内，见大人问不出什么，只得走至银蟾面前，拉她衣服道："阿蟾，你怎样？"

"哇——"

这番婆不问也罢，一问竟大哭出声……

贞观三舅只得转向呆立一旁的银定问道："到底怎样了？银山不是去找你们回来？他自己人呢？"

银定嚅嚅道是："……大哥哥叫我们先回来，他和二哥哥、三哥哥还要再找——"

众人眼睛一转，才发觉银祥不见了。

"银祥人呢？"

这一问，男的又变得像木鸡，女孩子却又狠哭起；贞观四妗顾不得手上端的汤,一手抓了银蟾问道:"怎样的情形,你与四婶说清楚!"

番婆揩一下泪水,眼睛一闪,泪珠又滴下颊来:"……大家在'掩咯鸡',阿祥不知躲到哪里去……"

"有无四处找过?"

"都找了——找不到,我们不敢回来,可是大哥哥——"

不等伊说完,众人都准备出发去找,却见棺材店的木造师傅大步跨进来,慌慌恐恐,找着贞观外公道:"同文伯,这是怎么说起——你家那个小孙子,唉,怎会趁我们歇困不注意,自己爬入造好的棺木内去躲……"

四五个声音齐问道:"团仔现在呢?"

"刚才是有人来店里看货,我们才发觉的……因为闷太久,已经没气息——我们头家连鞋都不顾穿,赤脚抱着去回春诊所了……头家娘叫我过来报一声……你们赶紧去看看——"

前后不到两分钟,屋里的大人全走得一空;贞观正跟着要出门,却见她大姈停了下来,原来银山、银川还有银城不知几时趁乱回来了:"你过来!"

伊叫的是银川,贞观从不曾看过她大姈这样疾声厉色——

银川一步步走向她面前,忽地一矮,跪了下去:"妈——"

"我问你,你几岁了?"

银川没出声;大姈又道:"你做兄长的,小弟、小妹带出去,带几个出去,就得带几个回来,你知吗?"

"……"

"少一个银祥,你有什么面目见阿公、阿嬷、四叔、四婶?"

"……"

她大妗说着，却哭了起来："你还有脸回来，我可无面见众人，今天我干脆打死你，给小弟赔命！"

"妈——"

"大妗——"

"大伯母——"

银山已经陪着跪下了，贞观、银月亦上前来阻止，她大妗只是不通情，眼看伊找出藤条，下手又重，二人只得拉银城道："快去叫阿公回来！"

谁知银城见银山二人跪下，自己亦跟着跪了；贞观推他不动，只得另拉银月道："走！我们去诊所看看，不一定银祥无事呢？二哥哥就不必挨打了！"

4

贞观的四妗已经几天没吃饭了；前两日，她还能长嚎大哭："银祥啊，我的心肝落了土……"以后声嘶喉破，就只是干嚎而已；无论白天、夜晚，贞观每听见她的哭声，就要跟着滴泪——

这一天，逢着七月初七，中午一过，家家户户开始焖油饭，搓圆子，准备拜七星娘娘——

贞观懒在床上，时仆时趴，心里乱糟糟。

四妗或许在她房内，旁边不知有无人家劝伊？这个时候，大家都在灶下——贞观想着，差一点就翻身站起，然而她又想到：见着四妗，要说什么话呢？她也只会拉着伊的裙角，跟着流泪而已。

——"起来！起来！！你困几点的？"

银蟾的人和声音一起进来;她近着贞观坐下,继续说道:"大家都在搓圆子,说是不搓的没得吃!"

贞观不理她;银蟾笑道:"还不快去! 二伯母说一句:阿贞观一向搓得最圆,引得银桂她们不服,要找你比赛呢!"

贞观移一下身,还是不动。

"你是怎样了?"

贞观却突然问一句:"四妗人呢?"

银蟾的脸一向是飞扬、光彩的,贞观这一问,只见她脸上整个黯下来:"四婶原先还到灶下,是被大家劝回房的,我看伊连咽口涎都会疼——"

贞观翻一下身,将头埋在手里。

想到银祥刚做满月那天,自己那时还读三年级,下课回来,经过外公家门口,被三妗喊进屋里,就坐在这统铺床沿边,足足吃了两大碗油饭——她记得那天:四妗穿着枣红色洋装,笑嘻嘻抱着婴儿进来,婴儿的手链、手钏,头上的帽花,全闪着足赤金光,胸前还挂个小小金葫芦……

"四妗,小弟给我抱一下!"

她从做母亲的手,接过小婴儿来,尚未抱稳呢,五舅正好进来看见,笑道:"大家来看啊! 三斤的猫,咬四斤的老鼠——"

……

正想着从前,又听银蝉进来叫道:"你们快去前厅,台北有人客来!"

银蟾一时也弄不清是谁,问道:"你有无听清楚是谁?"

"是四婶娘家的阿嫂与侄子。"

银蝉说完,探子马似的跑了。

贞观耳内听得明白,忙下床来,脚还找着拖鞋要穿,银蟾早已夺门跑了。

二人一前一后，来到天井，银蟾忽地不动了……

"你是怎样——"

银蟾还未出声，贞观从她的眼波流处望去，这才明白：四妗的侄子原来是十五六岁的中学生；她们起先以为是七八岁的小人客！

二人只得停了脚步，返身走向灶下；灶下正忙，亦没有她们插手的，倒是姊妹们全集在"五间"搓汤圆，"五间"房紧临着厨房隔壁，筐笠满时，随时可以捧过去……

二人才进入，银蟾先笑道："谁人要比搓圆子？阿贞观来了——"

贞观打她的手道："你莫胡说，我是来吃的！"

银蟾笑道："七娘妈还未拜呢，轮得到你——"

说着，二人都静坐下来，开始捏米团，一粒粒搓起。

七夕圆不比冬至节的；冬至圆可咸可甜，或包肉、放糖，甚至将其中部分染成红色；七夕的却只能是纯白米团，搓圆后，再以食指按出一个凹来……

为什么呢？为什么要按这个凹？

小时候为了这一项，贞观也不知问过几百声了；大人们答来答去，响应都差不多，说是——"要给织女装眼泪的——"

因为是笑着说的，贞观也就半信半疑；倒是从小到大，她记得每年七夕，一到黄昏，就有牛毛细丝的雨下个不停。

雨是织女的眼泪……

"织女为什么会有那么多的眼泪呢？"她甚至还问过这么一句；大人们的说法就不一样了——

织女整一年没见着牛郎，所以相见泪如涌——

牛郎每日吃饭的碗都堆叠未洗,这日织女要洗一年的碗——

"阿贞观,这雨是她泼下来的洗碗水!"

"牛郎怎么自己不洗呢?"

"憨呆!男人不洗碗的!"

……

那凹其实是轻轻、浅浅,象征性罢了,可是贞观因想着传说中的故事,手指忘了要缩回,这一按,惹得众人都笑出来:"哇!这是什么?"

"贞观做了一个面盆子!"

"织女的眼泪和洗碗水,都给她一人接去了……"

连她自己都被说笑了;此时,第一锅的汤圆、油饭,分别被盛起,捧到五间房来。

随后进来的,还有她外婆,贞观正要叫阿嬷时,才看到伊身旁跟着那个中学生——

"大信,你莫生分,这些都是你姑丈的侄女、外甥——"

那男学生点了一下头,怯怯坐到一边;她阿嬷转身接了媳妇添给伊的第一碗油饭,放到他面前:"多少吃一些!你知道你阿姑心情不好,你母亲要陪伊多讲几句话——"

"我知道——"

男生接了着,却不见他动手——

汤圆都已搓好,银月、银桂亦起身将筐箩抬往灶下;贞观于是拉了银蟾道:"拜七娘妈的油饭上不是要铺芙蓉菊吗?走!我们去后园摘!"

二

1

网鱼这几日，全家都尽早歇困得早，七八点不到，一个个都上了床。

贞观和银蟾姐妹，一向跟着祖母睡的；这一晚，都九点半了，三人还在床上问"周成过台湾""詹典嫂告御状"……

她阿嬷嘴内的故事，是永远说不完的："詹典出外做生意，赚了大钱回来，他的丈人见财起贪，设计将他害死，还逼自己女儿再嫁——詹典嫂又是节妇又是孝女，这样的苦情下，不得已，写了状纸，控告生身之父——"

"周成到台湾来做生意，新娶细姨阿面；留在故乡的妻子月女等他不回，亦自福建过海来寻夫——阿面假装好意款待，暗中以猪肚莲子所忌的白乔木劈柴烧，将伊毒死……半夜——"

贞观又要惧怕又要听；从前怕虎姑婆，现在怕詹典和月女的鬼魂。

阿嬷一说完，银蟾二人有本事倒头就睡，贞观却在那里直翻身；看看老人家也闭起眼，没办法，只好去碰伊的手肘："阿嬷，你困没？"

"唔——"

"阿嬷——鬼如果来呢？"

老人家开眼笑道："真戆，你怎么不想：明日早起，有好鱼好肉可吃?"

这一说,贞观果然觉得自己是戆呆;每天有那么多事情可想,她为什么只钻这一点转呢?

想明白以后,心被抚平了;贞观打起呵欠,正要入眠,却又记起什么事来:"阿嬷,你一点时,叫我起来好吗?"

她阿嬷笑道:"三更半夜的,你要偷捉鸡吗?"

贞观亦笑道:"才不是,人家要跟阿舅众人去鱼塭!"

老人家似醒非醒地"唔"了一声,没多久,便睡着了。

到得下半夜,贞观在睡梦中,被一阵刀砧声吵醒,倾身起来,只见后院落一片灯火;是女眷们在厨房准备食物、点心,要给男人带去鱼塭寮饿时好吃。

银蟾二人还在睡,却没看到她外婆的人。

贞观揉揉双眼,端了木架上的面盆来换洗脸水,才出庭前,迎面即遇着大信、银山等人……

"早啊——"

"早——"

众人都好说话,独有银城不饶她:"哈,你也知道起来啊?!连着四五日,我们清晨提了鱼和网具回来时,你还在做梦呢!好意思说要跟去捉鱼?"

"……"

"——照你起身的时辰算来,鱼市场大概下午和晚上才有鱼卖——"

"……"

贞观飞快走到水缸旁,也不应银城半句;其实,如果不是人客在旁,她一定拿水瓢的水甩他……

那缸是石砌的水泥缸，正中放在厨房的半墙下，一半在内，供灶下一切用水，另半则露出外来，大家取用也方便。

贞观弯身欲拿水瓢，手在大缸内摸了个空，只抓了把夜深露重的子夜空气。

再探头看时，原来呢——银城早抢先一步；他由厨房进去，自里面拿了正着。

贞观取不到水，只好一旁站着等，她这才看清楚，缸里白茫茫一片的，原来是月光。

月娘已经斜过"五间房"的屋檐线，冷冷照进缸底；水缸有月，贞观从不曾这样近身相看，只觉自己的人，也清澈起来。

洗过脸，大家又多少吃了点心，待要出发时，银月、银桂才赶到："阿贞观，等我们——"

鱼贩子和工人，还有舅舅等，都已动身；贞观看看银山他们，说是："你们先走吧！我们压后！"

银山不放心："要等大家等，你们两个手脚快一点——"

姊妹二个这才放心去洗面、漱口；临去，贞观还加了一句："可以不必吃——银城手上有提盒！"

前后也不过十分钟，当六人来到门口，原先的大队人马已不知去向；这下，十二只脚齐齐赶起路来；风吹甚凉，贞观差些忘记这是七月天。

月光自头顶洒下，沿途的街灯更是伸展无止尽……贞观放眼前程，心中只是亮晃晃、明净净。

出了庄外，再往右弯，进入小路，小路几丈远，接下去的是羊肠道一般的堤岸；岸下八九十甲鱼塭，畦畦相连。

六人成一纵队,起步行来;女生胆小,银山让她们走前头,分别是:银月、银桂、贞观,然后是大信、银城,银山自己是镇后大将军。

贞观每跨一步,心上就想:太祖公那辈分的人,在此建业立家,既开拓这么大片土地,怎么筑这样窄的坽堤——

沿途,银山要说给台北人客听:"这一带,近百甲的鱼塭,因连接外海的虎尾溪,镇上的人将这儿叫做'虎尾寮'……虎尾渔灯乃是布袋港八景之一——"

银城则是每经一处,便要做介绍:"这畦是五叔公的,五叔公一房不住家乡,鱼池托给大家照看。

这畦是三叔公家的,就是会讲单雄信那个——这是李家——黄家……

阿贞观她家的,还要往北再过去,就是现在你看到的挂渔灯那边——"

银城不只嘴里说,他是手脚都要比,弄得提盒的汤泼出来。

"你是怎样了?"银月一面说,一面接了提盒去看,见泼出去的不多,到底还是不放心,便自己换了位置,和贞观一前一后拉着。

沿岸走来,贞观倒是一颗心都在水池里:这渔塘月色;一水一月,千水即是千月——世上原来有这等光景……再看远方、近处,各各渔家草寮挂出来的灯火,隐约衔散在凉冽的夜空。

"虎尾渔灯"当然要成为布袋港的八景之首;它们点缀得这天地,如此动容、壮观!

银城还不知在说些什么,银月便说他:"你再讲不停,大家看你跌落鱼塭底!"

银城驳道:"那里就掉下去呢?!阿公、阿叔他们,连路都不用看,跑都可以跑呢!"

话未说完,忽见横岸那边,走来一个巡更的;那人一近前,以手电筒照一下银山、银月的脸,因分辨出是谁家的孩子、孙儿,马上走开去。

就在这一刻时,贞观忽然希望自己会在联招考试里落败,她不要读省女了。

在刚才的一瞬间,她才真正感受到自己与这一片土地的那种情亲:故乡即是这样,每个人真正是息息相关,再不相干的人,即使叫不出对方姓名,到底心里清楚:你是哪邻哪里、哪姓哪家的儿子、女儿!

她才不要离开这样温暖的地方,她若到嘉义去,一定会日日想家夜夜哭——

这一转思,贞观的步子一下轻快起来,话亦脱口而出:"别说外公他们了,这路连我闭着眼睛都能走——"她一走快,银月不能平衡,大概手也酸了,于是提盒又交回银城手里,银城边接边笑:"哈!学人家!"

贞观停脚问:"笑什么?没头没尾的,我学谁了?"

银山笑道:"这句话是大信讲的;他家住台北西门町,他说西门町他闭着眼睛也会走!"

闹闹吵吵,居然很快到了目的地;鱼塭四围,尽是人班,贞观看母舅们一下跳入塭里帮忙拖鱼网,一下又跃上岸来指挥起落,自己这样一滴汗不流的站着看,实在不好,便拉了银桂坐到草寮来。

岸边、地下,虽有二三十个人手,少算也有一廿支电石火和手电筒,然而贞观坐到鱼寮来时,才发现真正使得四周明亮的,还是那月光。

它不仅照见寮前地上的瓦砾堪数,照见不远处大信站立的身影,甚至照得风清云明,照得连贞观都以为自己穿了一件月白色的衣衫。

头次网起的鱼儿最肥,鱼贩子一拉平鱼网,鱼们就在半空挣跳、窜跃,等跌回网上,论千算万的鱼身相互堆叠时,就又彼此推挤,那在最底层的,因为较瘦小,竟可以再从网眼溜掉,回到熟络的池水里;鱼们不想离开鱼塭,也许就像贞观自己不欲离开家乡一样?!贞观不禁弯下头低了身来看,也有那么二三尾,鱼头已过,只因鱼身大些,竟夹在网中不上不下……

贞观将身一仰,往后躺在木板钉成的草铺床上,心里竟是在替鱼难过。

她闭起眼,装睡,谁知弄假不成,真的睡着了;等银月推她时,贞观一睁眼,先看到的是天苍茫,野辽阔,带湿的空气,雾白的四周,一切竟回到初开天地时的气象。在这黎明破晓之时,天和地收了遮幕,变成新生的婴儿;贞观有幸,得以生做海港女儿,当第一阵海风吹向她时,她心内的那种感觉,竟是不能与人去说。

2

连着吃了好几日的虱目鱼,饭桌上天天摆的尽是它们变出来的花样,鱼粥、鱼松、清汤、红烧、煎的、煨的。受益最多的是大信,据贞观看来:城市人自然少有这样的时候,然而受害最大的,却也是他,陆续被鱼刺扎了几遍。

前几回,都被她三妗拿筷子挟走,这一次鱼刺进了肉里面,扎着会痛,就是找不到头,筷子和饭丸都无用,一个大男生,坐在正厅中,眼红泪流的,别说大人忙乱,连她看了都难过。

贞观想着自小吃鱼的经验,倒给她想出个方儿来,便三两步,走回自己家里，她母亲看了她，笑眯眯道："成绩单才寄来，怎么你就知道回家拿了？"

说着开了衣橱，取给她看，又说："明日的报纸就有了呢！你快去学校与先生说一声，他也欢喜！"

贞观看了看分数，却说："我先去跟重义婶讨麦芽，四妗的侄子被鱼刺扎到咽喉。"

说着，走到后院来开门，后面小巷，有家做饼的铺子，里面堆着一铅桶、一铅桶的麦芽糖。

麦芽讨到了，是一小只竹棒子，粘着软软的一团，贞观怕它流掉到地上，也不走回家，直接从小巷口穿出大街，回到外公这儿。

这边家里，大人还在焦急呢！乌鸦鸦一堆人围着大信，大概计穷了。

贞观不敢明伸出手，趁乱将它塞给银安，果然大信吞后一分钟，便站起身叫好了。

事后问起来，居然没人知道是谁讨来的麦芽，大信说是银安叫他吞的，银安则想不起到底谁人递给他，到被问急了，居然瞪眼叫道："好了便好了，管它是天上落下来！"

这次以后，大信再不敢多吃鱼了，只对无骨无刺的蛤、蚌感兴趣，每天带着竹篓，和银川他们去鱼塭摸"赤嘴"。赤嘴是粉蛤的另一种，肉较厚，壳反而薄，喜欢做穴在鱼塭四周靠堤岸的湿土里，黄昏时，就跑出洞来吃水了。

十天过去，大信的脸也晒黑了，却给他摸出一套找赤嘴的诀窍来：靠岸边的土上，若有一个像锁匙孔的小洞，伸手进去，一定会摸到一只。

正当他热着摸赤嘴时，他母亲已收拾好行李要走；家下众人，一口一声地挽留道："妗仔若不弃嫌这里,就多住几日才好,一过八、九月,海边、塭内,都出毛蟹,'十月惜,蟳蜞较碇石',小小一只,里面全是蟹黄!"

他母亲道："到十月,还要两个月呢!已经住了个余月,他父亲会说我……"

"至少也等过了中秋再走,中秋这里还算闹热,码头全部的船只,都自动载人到外海赏月。"

大信的样子有些动心,他母亲却说："哪里行呢!他父亲信上直催,大信的学校,也快要开学了!"

贞观的外婆又说："大信就叫他姑丈先送他回去,妗仔你难得来一趟,还是多住些时。"

"下次吧!下次再来……亲家、亲家母,大家有闲也去台北走走!"

当下看好时间,母子二人决定坐明日的早班车回去;贞观以为吃过晚饭,他们就会趁早歇困,谁知晚来她外公在天井讲"薛仁贵征西",贞观才找到座位坐下,一抬头,赫然发现大信就在前座。

"鬼头飞刀苏宝同,移山倒海樊梨花……"故事正说得热闹,大信忽回头与银安说："明晚的故事,我就听不到了。"

她四妗照例来分爱玉,贞观才接过碗,听他这一说,差些失手打翻掉;她是同时想起今早自己接到的那纸注册通知。

三

1

时光一下子移过去六年,贞观如今十九岁了,已经中学毕业,现今是回乡来准备考试。

嘉义,把她从一个小女孩变成了少女,再怎样,她到底花费六年的时间在这个城市里,然而不知为什么,贞观每次想起来,只觉它飘忽不实,轻淡如烟。

每次回乡,都不想再走,每次临走,又都是泪水流泗,那情景,据她外婆形容的:真像要回到后母身边一样。

这样恋栈家乡的人,怎么能够出外呢?

贞观因为知道自己,就不怎样把考大学当正经,想想嘉义已经够远了,怎堪再提台北,台北在她简直是天边海角了。

直到考前一个月,贞观还是不急不缓、若有若无的,也不知念的什么;当她四妗开口问起:"要不要叫大信来做临时老师?"

她竟连连摇头说不要,她四妗还以为她不好意思,倒说了一些安抚她的话;贞观只得分明道:"不是的,四妗,是我不想再念了……考下来,你就会知道,大信若来,我反正也一样,他却会因自己插手,添加一层,直以为自己没教好,以后不敢来我们这里,那不是冤屈吗?"

她四妗因为她考虑得有理,请大信来教的话就不再说了。

虽说同是肖牛,大信因出生的月份,正逢着秋季入学,向来早贞观一年;人家现在已是全国最高学府的学生呢!……花城新贵……听她四妗说,人家还不用考呢,是由建中直接保送的,第一志愿——化学系,说还立了大志,以后要替中国再拿一个诺贝尔奖,说班上的女生喜欢做实验与他一组,说……

真正要说,大信的一些事是只能了,不能尽;贞观反正零零碎碎,自她四妗那里听来。

她四妗后来又生个小弟,比银祥还胖壮;贞观一次返家,一次觉得婴儿长得快,大概每隔开三二月才能见着的关系,甚至错觉团仔是用灌风筒弄大的。

有时她四妗说完大信的事,便舞动怀中儿子的手,说是:"我们阿银禧以后长大了,也要和大信哥哥一样会读书才好啊!欧——欧——"

银禧一被逗,便咯咯笑起来,然后歪摇着身,前后左右,欲寻地方去藏脸。

贞观每每见此,再回想阿妗从前哭子的情景,心内这才明白:人、事的创伤,原来都可以平愈、好起来的!不然漫漫八九十年,人生该怎么过呢?

五舅和银山、银城都已先后成家;银川、银安几个,或者念大学,或者当兵在外,再不似从前常见面。

姊妹们有的渔会,有的水厂、农会的,各各要上班早起;除了晚饭、睡前略略言谈,从前那种稠腻、浓粘的亲情、情亲,竟是难得能再。

这些年在外,她饮食无定处,病痛无人知,想起家里种种,愈是思念不能忍;还记得回来那日,天下着微微雨,她三妗撑着伞,陪她母亲在车站等她;她母亲穿着绿豆色的船领洋装,贞观尚未看清伊的脸,倒先见着母亲熟悉的身影;当时,她第一个袭上心来的念头是:我再不要离开布袋镇了。

回来以后,因为外公家先到,就在三妗房里,直说话到黄昏;一时,房间内外,进出的脚履不停,贞观的眼眶只是红不褪。

没多久,姊妹们一个个前后下班回来,银月、银桂各各拉起她的手,还说不出话时,银蟾落后一步的,倒先发声道:"你……可是回来了——"

她放了银月二人,上前去拉银蟾的手,嘴才要张,那声带竟然是坏了一样。

她这才发觉,银蟾说错了话,实际上,自己何曾离开过这个家?

此刻此时,她重回家园,再见亲人,并不觉得彼此曾经相分离——她并未离家!她感觉得到:昨天,她们大伙儿仍然在一起,还在巷口分手,说过一声再见,今天,就又碰面了!

这六年,竟然无踪无影无痕迹,去嘉义读书的那个阿贞观,只是镇上一个读书女学生罢了!

真正的她,还在这个家,这块地,她的心魂一直延挨赖在此处没跟去。

一辈子不离乡的人,是多么幸福啊!贞观同时明白过另一桩事来:国小时,她看过学校附近那些住户、农夫,当他们死时,往往要儿孙们只在自家田里,挖出一角来埋葬即可……

代代复年年,原来他们是连死都不肯离开自己的土地一下。

……

一本《西洋史》摊在面前半天了,贞观犹是神魂悠悠想不完,想到那些埋在自己田地的农夫,考大学的心更是淡了。

这些天,她在后院"伸手仔"读书,家中上下,无一人咳嗽;连昨儿银禧哭闹,四妗还说他:"阿姊在读册,要哭你去外面哭!"

这"伸手仔"比三妗的房间还凉,一向是她外公夏日歇中觉的好所在,这下为了她,老人家连床铺都让出来。

有这样正经的盼望,贞观详细想来,真是考也不好,不考也不好。

这伸手仔……为什么叫这样趣味的名呢? 原来是它的屋檐较一般大厝低矮,若有身量高大的男人,往往伸手可及,因此沿袭下来就这么叫了。

贞观小时候,大概三岁吧! 就曾被她三舅只手托上屋檐过;她好玩的坐定,只是不下来,等三舅一溜眼,居然爬到马背脊梁正中央,任人家唤也不听,哄也不下,她三舅六尺身躯,堂堂一个红脸汉,在下面急得胆汁往上冲,后来还是三妗叫人拿木梯来,由五舅上去将她拿下。

类似这样惊险的成长经验,在贞观来说,还不少呢! 听说她五岁时,她五舅也是十七八岁的半大人,有一次自作聪明喂她吃饭,因为鱼有刺,肉有骨,眼前恰好一碗鱼丸汤,便只是捞鱼丸喂她。

她乳牙、黄口的,知道什么细嚼慢咽,反正饭来张口……后来是饭匙举到嘴前,她再张不开口,便哇的一声,大哭起来。

原来鱼丸她没咬,全都和饭含在嘴里,到嘴满时,只有哭了。

一时地上蹦跳跳的,全部是鱼丸弹个不停,五舅一一拣起来,数了一数,又令她张开嘴来检视,一面说她:看不出啊,阿贞观的嘴这么小,怎么一口含了六七粒鱼丸? ……

正好她阿嬷走过,骂他道:你要将伊害死啊? 哽死阿贞观,你自己又未娶,看你怎样生一个女儿赔你姊夫?

2

贞观是从小即和母舅们亲,见了她父亲,则像小鬼见阎王,她父亲在盐场上班,小学时,每天上学,须先经过盐场,盐场办公室斜后门,有个日本人留下来的防空壕,壕上长满大紫大红的圆仔花。银蟾每每走过,就要拉她进去偷摘,因为这花她阿嬷爱。

有那么一次,二人手上正拔花呢,转头见她父亲和副场长出来——大人其实也无说她怎样,可是从此以后,不论银蟾如何说,她都不肯再踩进盐场一脚,尤其怕惧她父亲。

现在想起来,当时她是羞愧,觉得在别人面前失父亲的脸面,以后父亲来探她外婆时,贞观便躲着少见他,自己请愿的给三舅磨一下午的墨,甚至跟着去看鱼坞,或者钓鱼。

看鱼坞其实就是赶鹭鸶;五月芒种,六月火烧埔,那种天气,说是打狗不出门的,偏偏白鹭鸶就拣这个时出来打劫,趁着黄昏、日落之前,来吃你结结实实一顿饱;当它在空中打圆转,突然斜直线抛坠下来时,它是早已选定了那畦鱼坞的鱼儿肥。

因此,看守的人必须抢快一步,拿起竹梆子来敲打,嘴内还得"唷——唷唷唷——"的作出声响,它才会惊起回头,再腾空而上,然后恨恨离去。

另外一种吓鹭鸶的方式是放鞭炮,可是炮药落入坞塘里,对鱼们不好,因此大部分人家,还是用竹梆子较多;那梆子是选上好竹竿,愈大围愈是上品,将它锯下约三尺长,然后横身剖开约三分之一,里面的竹节悉数挖空,当手持后端用力振动时,挖空竹节的那一段即塞窣作响……

这种寻常、平淡的声音,在鹭鸶们听来,却是摇魂铃、丧胆钟。

鹭鸶其实是一种很慓悍的鸟,看它们敢入门踏户的,来吃鱼的架式,就足以证明了,可是却又这样没理由的惊怕竹梆子。也许,真如她外公说的:恶人无胆!

说到钓鱼,贞观同时就要想起蚯蚓来,她因为最怕这项软东西,所以迄今不太会钓鱼,因为饵都是蚯蚓撕成一截截的;贞观小时候为了想帮四舅钓鱼,自己便找到鱼塭边捞小虾,谁知脚踩不稳,落入塭底里;大人说:当四舅抱了个乌黝黝、浑身黑泥的女孩回来时,家下谁也认不得阿贞观,倒是烧水给她洗身时,在二三个小衣裳口袋里,各个跳出一尾虱目来……

比起这些来,磨墨的事,只能算它平白、无奇了,可是因为事情是为着三舅的人做的,这磨墨洗砚,也因此变成大事。

世上有肩能挑、手会提,孔武有力的人,世间更不乏吟诗题句之辈,可是贞观就不曾见过手举千斤,肩挑重担,同时又能吟诗做对的全才。

而她的三舅,却是这样的两者皆备。

自小,贞观只知三舅是人猿泰山,一人抵十人,大凡家中捕鱼,镇上庙会,所有别人做不来的,都得找他;拿不起的他拿,挑不动的他挑。

直到入学后,粗识几个大字,一日,她走经过宫口,发现嘉应庙廊廓石柱上,赫然有三舅名姓!

近前观看,何其壮阔、威显的一副门联,竟是三舅自撰自书:

嘉德泽以被苍生,虎尾溪前瞻庙貌

应天时而昭圣迹,鲲身海上显神光

弟子　蔡中村敬撰

嘉应庙正门对着布袋港，绵绵港湾，上衔虎尾溪，下接安平鹿耳门，这西南沿岸，一向统称鲲身……

十岁的她，站在斑彩绚绚的门神绘像前，两目金闪闪，只是观不完，看不尽……

转头回望，不远处的海水似摇若止，如在自家脚底，刹那间，三舅的字，一个个在她脑中，从指认、辨别，而后变得会心，解意起来。

也就在她转身望海的一个回头里，贞观因此感觉：自己这一身，不仅只是父母生养，且还相属于这一片大海呢！她是虎尾溪女侠，鲲身海儿女，有如武侠天地里的大师妹，身后一口光灿好剑，背负它，披星戴月江湖行。

自十岁起，贞观整整看它三年的武艺春秋，去家这些年，虽说再无往日的心情，然而，当年熟知的习武禁忌，她到现在还是感动难忘，记心记肝。

　　武者，戒之用斗，唯对忠臣、孝子、节妇、烈士，纵使冒死，
亦应倾力相扶持。

短短廿七个字，贞观此刻重新在嘴边念过，仍然觉得它好，而且只有更好了！

当初使她暝无暝，日无日的入迷的，也许就是这么磅礴气象的一句话吧！

说起这些，不免要绕回到大信来：

那年他初一升初二，跟着自己母亲来看阿姑，这里众人为了留小人客，尽行搬出银城他们那些武侠、漫画；大信就是躺在这间伸手仔的床

铺上,看《仇断大别山》,三番忘了吃饭,两次不知熄灯——

她眼前床头上,斜斜钩挂的这件圆顶罗纹白云纱蚊帐,就是个活证——

当年,大信彻夜看书,不知怎样,竟将它前后烧出两个破洞来:第一个孔,是她四妗用同色纱帐布补的,加上针薄好,几乎看不出它什么破绽,第二个孔却是银安和她合缀的;原来大信欲去报备时,银安觉得是小事,不必正经去说,就悄悄寻了针线,自己替大信缝起来,正巧她从伸手仔门前走过,便被银安叫进去:"阿贞观做做好心,来帮我们补这个!"

贞观一看,原来银安不知哪里找来的一块青色纱帐布,虽说质纹相同,到底不同色,剪得歪斜斜、凸刺刺的,又是粗针重线,竟是缝麻袋一样:"你不补还看不出呢!补了才叫人看清,蚊帐原来破一孔!"

她是说完才开始后悔,因为乍看时,银安的手艺实在叫人好笑,可是想回来,大信是客,应该避免人家难堪……

因为有负咎,所以织补得格外尽心;当她弄好以后,竟然看也不敢看她一眼地走开——

然而那一晚,她翻来覆去,只是难入眠,几次开眼看窗,天边还是黯黑一片,小困一会,又起身看钟,真是苦睡不到天亮。

天亮了,见着大信,可以向他道歉,赔失礼……

贞观此时想回来,才懂得外公、祖父,那一辈分的人,何以说:被人负,吃得下,睡得着;负了人,不能吃,不能困。……

原来呢,是因为事过之后,还有良心会来理论。

然而隔天她再看到大信,他还是浑然无识的样子,自己倒不好开口了。

当时她是不知，现在呢，她已经十九岁了，自认自己这样的一个看法应该没错：为什么大信的人看起来亲切？他本来就是个真挚的人……

胡乱思想，贞观倒是因此趴着睡着，其实也无真睡，闭起双眼就是。

当她再睁眼时，人一下跃身向前，嘴里同时尖叫出声，原来座灯不知何时倒向蚊帐，正烧炙出一团熏气……

贞观跳着脚去抢蚊帐，手被烫着时，才想到：应该先拔插头……

1

蚊帐还是烧破了!

贞观后来拿她外婆小镜台的红缎圆布补,拇指般大的红贡缎,是老人家事先铰好放着,若有头晕、患疼,将它摊药膏,贴双边发鬓。

这一来大人有证为据,直以为她是认真功课呢! 除了心上欢喜,不免也要劝她身体重要,以后再来时,总不忘用旧日历纸包四五钱切片的高丽参带来。

如此半个月下来,贞观因为常有忘记的时候,正经也没含它多少;参片她用个小玻璃罐装,一直到罐子已满,送参的事仍未停止。

贞观想道:再这样积下去,有一天真可以开参行,做店卖药了。

才想到开参行,只见银城新婚的妻子走进来,贞观不消细看,也知道又是送参的。

然而这次不同的是,随着她人的出现,贞观同时闻到了一股奇香。

"阿嫂,人参给阿嬷吃吧! 我这里还这么多!"

新娘子笑道:"我不敢拿回去,阿姑还是收下来好,不然老人家不放心,又要走一趟;若说前次的还剩存,更是要生气了!"

贞观说不过人家,只得收了;一面又问:"另外这一包是……"

"阿姑猜猜看!"

贞观吸吸鼻子,一时却又说不出什么来。

"是新娘子洒香水?"

"乱讲!"

贞观只觉这香已浸渍了整个伸手仔,应该是很熟的一个名称,照说不必再想,即可脱口叫出的!

新娘子见她难住了,竟欲伸手去解开结。

贞观将伊拉住道:"不用看,这香味明明我知晓,是从小闻到大的!"

她同时在心里盘算着几个名字:沉香,不像,檀香,不尽是,麝香,也都不全是……她难道会有藏香不成?

姑嫂两人相视而笑,贞观最后只得说:"到底是什么? 简直急死人!"

新娘子只有揭谜底了,贞观见她将打叠好的一个红色小包裹,按着顺序解开,里面是——暗香色的一堆粉末,用水红玻璃纸包着。

贞观不能认,失声叹道:"这是什么?"

新娘子笑道:"是槐根末,混着各样香料,包——"

不等伊说完,贞观已接下道:"包馨香用的! 原来端午节到了!"

大概连她的外祖母都不能清楚说出:这项风俗习惯在民间已经沿袭下来多久了,贞观甚至想:极可能高祖太爷公几百年前自闽南移迁来时,就这样了。

她是从六岁懂事起,每年到五月吃粽子前一天,即四处先去打听:哪处左邻右舍,亲戚同族,谁家有新娶过门的媳妇,探知道了,便飞着两只小脚,跑去跟人家"讨馨香";新娘子会捧着漆盒出来,笑嘻嘻地把一只只缝成猴子、老虎、茄子、金瓜、阉鸡等形状的馨香,按人等分。

小时候，为了比谁讨的馨香较多，贞观常常是一家讨完又去一家，身上结彩得叮叮咚咚，有钮扣挂得没钮扣，一直到小学四年级，因为男生会笑她们，才不敢挂了，但还是照旧找新娘讨馨香，只差的藏放在书包或口袋里……

五六年集下来，那一堆的端阳香袋，后来竟也是丢的丢，散的散，不知弄到哪个角落了；如今贞观只还留着一只黄老虎，一只紫茄子：老虎才龙眼般大，用黄色府绸布扎做的，背面和脚的四处，各以墨笔划出斑纹；尤其双眼如点漆，还是只聪明老虎呢！

这样一只聪明老虎，还差些给银城他们偷去；是连男生看了都会爱，它通身上下的那种活意，也就只有看过了才能说。

茄子则是紫贡缎缝的；光说选这布料的心思，就好断定做的人有多灵巧。茄子因为本身皮发亮光，普通紫颜色的布，还不能全像，不够传神，再看顶上的绿蒂，简直就是菜园里新摘的……

她特别珍惜的这一紫一黄，一向就收在母亲那只楠木箱笼里，这香味真的是从小闻到大的——

贞观这一转思，遂又问新娘道："阿嫂准备自己做馨香吗？要缝多少个呢？"

新娘子在过门后的第一个端午节，要亲自做好馨香，分送邻居小孩的礼俗，到她祖母的那个时代，似乎还很认真地执守着。往后到她母亲、姨妗那一辈，勉强还能撑住。然而这几年来，不知是年轻新娘子的女红、手艺差了，还是真的没空闲，竟然逐年改了；不是娘家的母姊、兄嫂做好送来，就是新娘自己花点钱，请几个针线好的阿婆代做——

因此，当贞观听新表嫂说准备亲手做二百个馨香时，整个人一下感觉新鲜、惊奇起来。

从前，她每听阿嬷、婶婆，甚至自己母亲自夸当年自己初做新娘，新缝扎的馨香，有多工整，美妙时，居然出过这样的应话："怎么就不分一个给我？"

大人们笑她："阿贞观，那时你在哪里呢？"

她道是："我就算不在，你们不会选一个好看的留着吗？"

大人虽笑她说的孩子话，过后却也觉得这话有理，于是彼此互询地说："对呀！怎么就没想到要留一个？做纪念也好呀！"

想来她这个表嫂胆敢自己做，定是身怀绝艺……

"阿嫂——"

贞观不禁心头热起来："现在先跟你订，我可是要好几个！"

新娘子笑道："你好意思讨？馨香是要分给囝仔、团仔的！"

贞观赖道："我才不管！布呢？布呢？阿嫂，我陪你去布店剪！"

新娘子说："早都铰好了，在房里，现在才裁布，哪里赶得及？"

贞观看着眼前的新娘，忽然错觉自己又回到从前童稚的时光；当她跑到人家屋前，这样抬头看新娘，亦是如此问道："有什么样款呢？有没有猴子？有没有阉鸡？"

"有！有！"

却听她表嫂连连回答："鼠、牛、虎、兔……十二生肖全部有！"

2

端午节那天，每到日头正中晒时，家家户户，便水缸、面盆的，一一自井中汲满水，这水便叫做：午时水。

传说中：午时水历久不坏，可治泻症、肚疼等病痛。

另以午时水放入菖蒲、榕叶,再拿来洗面、浴身,肌肤将会鲜洁、光嫩,杂陈不生……

贞观这日一早起,先就听到谁人清理水缸的响声;勺瓢在陶土缸底,努力要取尽最后点滴的那种搜刮声。

照说是刺耳穿膜的,然而她却不这样感觉。

是因为这响声老早和过往的生命相连,长在一起了,以致今日血肉难分。

再加上她迄今不减那种孩童般对年节、时日的喜悦心情,在贞观听来,那刮声甚至要觉得它入耳动心。

灶下且不断有蒸粽子的气息传出,昨晚她阿姈、表嫂们也不知包粽子包到几点?

贞观一路趿鞋寻味而来,愈走近厨房,愈明白腹饥难忍原来什么滋味。

快到水缸旁,她才想起刚才的刮声:水缸自然是空的……

正要转换地方,银月却在一旁笑道:“洗脸的水给你留在那边的桶里!”

贞观找着了水,一边洗面,一边听银月说:“银城在笑你,说是这么大人了,还跟阿嫂讨馨香!”

贞观正掬水扑面,因说一句:“哦! 他不要啊? 那为什么从前他都抢快在前面,把老虎先讨走,害我只讨到猴子和金瓜?”

只顾说话,冷不防吃进一口水,不仅呛着鼻子,还喷壶似的,从鼻子洒出来。

银月向前来拍一拍她的后背,正要递毛巾给她时,忽听新娘子走近说道:“五叔公祖人来,在厅上坐,阿公叫大家去见礼!”

贞观拭干了脸,心想:这五叔公祖是谁呢?台南那个做医生的五叔公,难道还有父亲吗?

不对!

五叔公与外公是亲兄弟,而外曾祖老早去世,照片和神位一直供在前厅佛桌上⋯⋯

这个五叔公祖,到底是哪门的亲戚?

然而,她很快的想通过来——什么五叔公祖,多么长串的称呼,还不就是五叔公嘛?!只因妇人家的谦卑、后退,向来少与丈夫作同辈分称呼;人家新娘子可是按礼行事,她却这样不谙事体、大惊小怪的——新娘子听说肖鼠的,只才大自己一岁,就要分担这么大一个家,真叫人从心底敬重。

嫁来这些时,看她的百般行径,贞观倒是想起这么一句诗来:"其妇执妇道,一一如礼经。"

做女儿的,也许就是以此上报父母吧!因为看着新娘的人,都会对她的爹娘、家教称赞——

大概她们人多,一下子又同时出现,加上久未晤面,五叔公居然不大认得她们,倒是对贞观略略有印象:"喔!就是水红怀了十二个月才生的那个女儿?"

其余几乎是唔,唔两声过去,又继续讲他的来意;贞观一些人陪坐半日,总算听明白,五叔公是来讨产业的。

当初外家阿祖留的二十五甲鱼塭,由三兄弟各得八甲,五叔公因娶的台南女子,就在那里开业,剩的一甲本来兄弟各持三分三的地,五叔公反正人在他乡,这鱼塭一向由外公与三叔公不分你我,互相看顾,如今五叔公年岁愈大,事情倒反见得短了;贞观听他末句这样说道:"——

我又不登产业，祖宅，这边房厝，一向是大房、三房居住，台南那边，我还是自己买的，这多出来的一甲归我们，也是应该！"

这样不和不悌的言语，岂是下一辈儿孙听得的？难怪贞观外婆一面叫人去请三叔公夫妇，一面遣她们走开。——贞观乐得躲回灶下来吃粽子。

银城从前笑过她是"粽肚"；从五月初四，第一吊蒸熟离火的粽子起，到粽味完全在这个屋内消失殆尽，七八日里，她有本事三餐只吃粽子而不腻。

吃完粽子，一张油嘴，贞观这才舔着舌牙，回伸手仔来，倒是安安静静看了它几页书。

然而，当她无意之中眼尾掠过表壳，心里一下又多出一份牵挂：因为想到午时水来了。

贞观咚咚直赶到后院古井边，只见新娘和银山妻子，还有银月姊妹众人，正分工合作，或者汲，或者提的——

贞观小嚷道："我呢？我呢？就少我一份啊？银蟾要来，也不叫一声！"

两个表嫂笑道："你读册要紧，我们一下手脚就好了！"

银蟾却说："只怕你不提呢！你爱提还不好办？哪！这个拿去！"

说着即把桶子递给她——

贞观接过铅桶，心里只喜滋滋，好一股莫名的兴奋；已经多早晚没摸着这项了！

她走近井边沿，徐徐将绳子放下，再探头看那桶子已到了井尽头，便一个手势，略略歪那么一下，只见铅桶倾斜着身，水就在同时灌注入里面去……

等贞观手心已感觉到水在桶内装着的分量,便缓缓的一尺、半尺,逐次收回牵绳;当铅桶复在井面出现时,贞观看着清亮如斯的水心,只差要失声喊出:啊!午时水!午时水!

如此这般,汲了又提,提了又倒,反复几遍后,诸多水缸、容器都已盛满。

贞观再帮着新娘去洗菖蒲时,忽地想起一事,便说声:"我去前厅一下就来!"

她其实是记起:头先看到五叔公时,他右额头上好像有那么一个发红小疮;这下该趁早叫阿公留他,等洗了这午时水再走,不然回台南去,五婆婆不一定还给他留着——

厅里出奇的静;贞观心底暗叫不好:五叔公一定不在了!

果然她才到横窗前,只听着三叔公的声音道:"哎!这个阿彦也一把年纪了,怎么这种横柴举入灶的话,还说得出嘴,他也不想想?当初家里卖多少鱼塭,给他去日本读医学院的!"

她外公没说话,倒是三叔公又说:"其实亲骨肉有什么计较的?他需要那甲地,可以给他,可是为了地,说出这样冰冷的话,他心中还有什么兄弟?"

"唉——"

长长叹息的一声,贞观听出来是她外公的口气:"这世上如今要找亲兄弟,再找也只有我们三个了,也只有我们做兄长的让他一些——唉,一回相见一回老,能得几回做兄弟?"

五

1

贞观是每晚十点熄灯,睡到五更天,听见后院第一声鸡啼,就又揉眼起来;如此煞有其事,倒也过了半个余月。

怎知昨晚贪看《小鹿斑比》的漫画,直延过十二点还不睡;因此今晨鸡唱时,她人在床铺,竟像坏了的机器,动弹不得。

直挨到鸡唱三巡,贞观强睁眼来看,已经五点钟了,再不起,天就亮了!

她抓了面巾,只得出来捧水洗脸;平日起身时,天上都还看得到星辰和月光。

今儿可是真晚了,东边天际已是鱼肚子那种白,虽说还有月娘和星宿,然而比衬之下,竟只是白雾雾的一张剪纸。

灶下那边微微有灯火和水声,银城的新娘自然已经起来洗米煮饭。

贞观绕到后院,只见后门开着;连外公、阿舅等人,都已巡鱼塭,看海去了。

她蓦然想起:多少年前所见,鱼塭在清晨新雾搭罩下的那幅情景。

贞观闪出门就走,她还要再去看呢!

"阿姑——"

新娘不知几时来到，伊追至门边，叫贞观道："粥已经煮好了，阿姑吃一碗再去！"

贞观停步笑说道："阿嫂帮我盛一碗给它凉着，我转一下，随时就回来。"

沿着后门的小路直走，是一家煮仙草卖的大批发商。一个夏天，他们可以卖出三四千桶仙草；贞观每次走经过，远远就要闻到那股热烘烘、煮仙草的气息。

一过仙草人家的前门，即踏上了往后港湾的小路；那户人家把烧过的粗糠、稻子壳，堆在门外巷口，积得小山一样，两个黑衣老阿婆正在清洗尿桶，一面说话不止。

贞观本来人已走经过她们了，然而她忽地心生奇想，又倒转回来；且先听听这大清早的晨间新闻："说是半夜拿了他爹娘一百多个龙银，不知要去哪里呢？"

"真真乌鱼斩头！乌鱼斩块！才十七岁，这样粗心胆大！"

"是啊！毛箭未发，就已经酒啦，婊啦，你还记得去年冬吗？和王家那个女儿，双双在猪栏的稻草堆里，被冬防巡逻的人发现。"

"夭寿仔，夭寿仔！"

"如今又粘着施家的，也是有身了；唉，古人说的不错，和好人做伙，有布堪缠，和坏人做堆，有子可生……"

"夭寿仔，夭寿死团仔，路旁尸，盖畚箕仔，卷草席，教坏团仔大小，死无人哭！"

……

贞观快快地走开；原以为有什么传奇大事呢，听了半天，却是自己三叔公家的。

三叔公有两个儿子,二老一向偏疼小儿子、小媳妇,谁知那个小表妗,好争、抗上,说是入门不久,即吵着分家。

搬出去这些年,别的消息没有,倒是不时听见她为儿女之事气恼。

她生的三女一男,那个宝贝平惠,从小不听话,惹事端,小表妗为他,这些年真的气出一身病来——

好好的一片心情,一下全被搅散了;贞观觉得无趣,只好循着小路回来。

伸手仔的桌上并无盛着等凉的粥;贞观待要找到饭厅,倒碰见银蟾自里面吃饱出来。

"免找了,粥老早冷了,阿嫂叫我先吃!"

贞观笑她道:"天落红雨了,你今日才这样早起!"

银蟾笑道:"没办法,天未光,狗未吠,就被吵醒了;平惠不知拿了家里什么,小阿婶追着他要打,母子两人从叔公家又闹过这边来——"

话未说完,前厝忽地传来怒骂声,贞观听出正是小表妗的声嗓:"我这条命,若不给你收去,你也是不甘愿,夭寿的,外海没盖子,你不会去跳啊!"

众人合声劝道:"差已差了,错也错尽;你现在就是将他打死,也无用啊!"

小表妗哭起来表白道:"我也不是没管教;我是:打死心不舍,打疼他不惧!"

闹了半天,平惠终于被他父亲押回去,她外婆却独留小表妗下来:"你到我房里坐一下,姆婆有话与你讲。"

贞观跟在一旁牵她阿嬷,三人进到内房,她阿嬷又叫她道:"你去灶下看有什么吃的弄来,半夜闹到天明,你阿妗大概还未吃呢!"

小表妗眼眶一红:"姆婆,我哪里还吞得下?"

当贞观从厨房捧来食物,再回转房内时,只见她小表妗坐在床沿,正怨叹自身的遭遇:"前世我不知做什么杀人放火的事,今生出了这个讨债物来算账!"

贞观静默替伊盛了粥,又端到面前来;只听她阿嬷劝道:"阿绸,古早人说:恶妻逆子,无法可治——"

话未完,小表妗直漓漓的两行泪,倏地挂下来。

贞观想:伊大概是又羞又愧,虽然阿嬷的本意不是说伊,然而明摆在眼前的,小表妗自己不就是个活生生的恶妻吗?她支使男人分家财,散门户,抛父母,丢兄弟;不仅自废为人媳晨昏之礼,又隔间人家骨肉恩义。

为什么说——恶妻逆子,无法可治?

一个人再怎样精明,历练,出将入相,管得社稷大事,若遇上恶妻逆子,亦不能如何了,因为伊们与自身相关,这难就难在割舍不下,难在无法将伊们与自己真正分开——

她阿嬷见状说道:"姆婆不是有意说你,你也是巧性的人,姆婆今天劝人劝到底,干脆坏话讲个尽——"

小表妗哭道:"姆婆,讲好的不买——我知道啊——"

"这就对——"

她阿嬷牵起小表妗的手,说是"阿绸,人有两条管,想去再想回转;你到底还是明白人!想看看,平惠小时候,你是怎么养他的?"

"……"

小表妗无话。

老人家又说:"饲大一个儿子,要费多少心情,气力?怀胎那十月不说了,单是生下来到他长成,中间这一二十年,没事便罢,若有什么头烧肺热,着风寒,那种操心、剥腹,你也是过来的——"

"……"

"今天,若是平惠大了,带着妻儿到外面去住,少与你通风问讯的,阿绸,你心里怎样呢?"

"——"

小表妗突然放声大哭起来,她阿嬷拍拍伊的肩头,劝道:"真实去外地谋生,找出路,还能说是不得已,如今同在庄上,而且双亲健在,你们这款,就讲不过去了——"

小表妗愈哭愈伤心;贞观只得找来手巾给伊拭泪。好一会过去,伊才停泪叹道:"姆婆,我差我错了——"

说着,又有些哽着。她阿嬷劝道:"知不对,才是真伶俐;你也不要再想了,在这边吃了中饭,再去找你婆婆坐坐,伊还是疼你们——"

小表妗低头道:"姆婆,你带我过去与我娘赔不是……我打算回去后整理对象,找个时辰搬回来——"

她阿嬷喜得眯眼笑道:"阿绸,姆婆真是欢喜,你真是知前知后;从前,我还做媳妇时,平惠的太祖讲过一句话——孝道有亏,纵有子亦不能出贵;孝子贤孙,亦是从自身求得——你从此对那边两位老人好,天不亏人的!"

小表妗想想又问:"可是,姆婆,平惠呢? 我真不知怎样管他才好? 人家说——宠猪举灶,宠子不孝——我并没有遏宠他,如今,却气得我一身病——"

"气子气无影——"

她阿嬷笑道:"父啊母啊,说气儿孙,都是假的,气不久嘛;只要你好了,儿子自然就好,古话说:会做媳妇的,都生贵子——是要享儿孙福的,哪里还有受气的?"

<h1 style="text-align:center">2</h1>

距离考试日期,就只剩三五天了,贞观的人看来还是旧模样,既不像要紧事,却也不能说她不在心,真实如何,连她自己也难说——

这些时,家中上下,待她是款款无尽,知道她爱吃"米苔目",三天二天就变弄出来,有甜有咸……另外还有一种藕粉,是银城岳家自己做来吃的非商品,外面买不到的纯正物,新娘子回去偶尔带来,她才知世间有这般好吃物;藕粉以冷开水调匀,再以滚水搅拌,就成透明暗红色,如果冻一般……贞观每次吃它,会觉得自己像在莲花苞般清凉,外头的夏日不足为惧。

姊妹们知道她有私房菜,下班后就爱挤到"伸手仔"吃晚饭,久了以后,"伸手仔"成了吃私菜的所在;新娘子甚至将后园刚结的丝瓜摘来,给她们煮汤。

这日黄昏,"伸手仔"里,长椅、短凳排满着,众人手上一碗番薯粥,待要说开始,先看见银城进来:"好啊! 有什么好吃物,全躲到这边来了?"

众姊妹挤出一张椅子来让坐,银城却只是笑道:"别人娶的某都会顾丈夫,她这个人怎么只知道巴结你们?"

银蟾应道:"你没听过'小姑子王'吗?"

银城更是笑呵呵:"没有啊,你说来听听——"

银蟾道:"从来女儿要嫁出门时,做母亲的,都这样吩咐——入山听鸟音,入厝看人面;做媳妇,要知进退;小姑子若未伸手挟菜,千万不可自己先动筷子——所以啊,阿嫂哪里管顾得到你?"

银城故作认真状:"既然如此,你们做你们的王,我等见着丈母娘再与伊理论!"

银月听说,便怪银蟾道:"你看你——"

一面又说银城:"你听她呢! 阿嫂对你还不够好啊? 贪心不足,你还要怎样?"

银城还未开口,银蟾先笑道:"这项你放心,他只是嘴边讲讲罢了;人家——嫌虽嫌,心肝生相连——"

"谁的心肝生相连?"

众人闻声,抬头来看,却是住后巷路的一个妇人,正在门口探头。

"阿藤嫂,来坐啊!"

"免啦——"

妇人客气一番,只招手叫银月:"你出来一下,我有话与你讲!"

银月只得出门外去,两人细语半天,等妇人离开后,才又回来坐好。

贞观早就注意到:银城的脸色有些异样,此时,听他出声问道:"什么事情?"

"——"

银月停了一会,才说是:"伊讲——后巷路的阿启伯……偷摘我们的菜瓜——"

银城变脸道:"坏瓜多籽,坏人多言语;你们莫听伊学嘴学舌——"

才说完,新娘子正好进来;银城见着,转向妻子说道:"以后你注意一些,将后门随时关好,莫给这些妇人进来;她们爱说长说短,尽讲些有孔无笋的话;家里这么多女孩子,会给她教坏——"

新娘子静默无一言,众姊妹却齐声驳道:"伊要进来,哪里都行进来;阿嫂关门,伊照样可以叫门啊——"

"叫门也不要给她开!"

众人道:"哪里有这样不通人情的?!再说,我们也不是没主意的人,什么不好学,得去学伊……你呀,莫要乱说我们!"

"……"

姊妹们虽然嘴里抗议,心内还是了解,银城是为着大家好;因为阿藤嫂的行径不足相学,而且要引以为戒。

饭后,众人各自有事离去,留下贞观静坐桌前呆想;她今日的这番感慨,实是前未曾有的。

阿启伯摘瓜,乃她亲眼所见;今早,她突发奇想,陪着外公去巡鱼塭,回来时,祖孙二人,都在门口停住了,因为后门虚掩,阿启伯拿着菜刀,正在棚下割着——

摘瓜的人,并未发觉他们,因为祖孙二个都闪到门背后。贞观当时是真愣住了,因为在那种情况下,是前进呢?抑是后退?她不能很快作选择——

然而这种迟疑也只有几秒钟,她一下就被外公拉到门后,正是屏息静气时,老人家又带了她拐出小巷口,走到前街来。

贞观人到了大路上,心下才逐渐明白:外公躲那人的心,竟比那摘瓜的人所做的遮遮掩掩更甚!

贞观自以为懂得了外公包容的心意:他怕阿启伯当下撞见自己的那种难堪。

可是,除此之外,他应该还有另一层深意,是她尚未懂过来的;因为老人家说过:他们那一辈分的人,乃是——穷死不做贼,屈死不告状。

祖孙二人,从前门回家以后,阿启伯早已走了;贞观临回"伸手仔"时,外公停脚问她道:"你还在想那件事?"

"嗯,阿公——"

"莫再想了! 也没有什么想不通;他其实没错,你应该可以想过来。"

"……"

"还有——记住! 以后不可与任何人提起——"

"我知道——阿公。"

——当时她的头点得毫无主张;但是此刻,贞观重想后巷路妇人告密的嘴脸,与外公告诫自己时的神情,她忽地懂得了在世为人的另一层意思来……

贞观坐正身子,将桌前与书本并排的日记抽出,她要把这些都留记下来。

贪当然不好,而贫的本身没有错;外公的不以阿启伯为不是,除了哀矜之外,是他知道他没有——家中十口,有菜就没饭,有饭就没菜;晒盐的人靠天吃饭,落雨时,心也跟着浸在苦水里……

她是应该记下,往后不论自己做了母亲、祖母,她都要照这样,把它说给世世代代的儿孙去听,让他们知道:先人的处世与行事是怎样宽阔余裕!

也就在同时,贞观想起《史记·周本纪》里的一行文字:"守以敦笃,奉以忠信,奕世载德,不忝前人。"

六

1

　　这一夜里，说也奇怪，贞观尽梦见她父亲；他穿的洋服、西裤，一如平时的模样，不同的是他的人无声无息，不讲半句话。

　　贞观正要开口喊他，猛然一下，人被撞醒了；她倾身坐起，看到身旁的银蟾，倒才想起来：昨晚临睡，银蟾忽出主意，想要变个不同平日的点心来吃，于是找着灶下几条番薯，悉数弄成细签，将它煮成清汤。

　　那汤无掺半粒米，且是山里人家新挖上市的，其清甜、纯美……银蟾给她端来一碗还不够，贞观连连吃了两大碗。

　　两人因吃到大半夜，银蟾干脆不回房了；贞观为了这些时难得见着她的人，倒是怀念从前的同榻而眠，二人便真挤着睡了。

　　姊妹之中，独独银蟾的睡相是出名的，她们私下都喊她金龟仔，是说睡到半夜，会像金龟打转一样，来个大转换：头移到下处，两只脚变成在枕头边了。

　　贞观看一看闹钟，分针已指着五点半，今天连鸡叫都未听见。

　　明天就要考试了，要睡今儿就睡他个日上三竿吧！

　　当她理好枕头，翻身欲躺时，倏而有那么一记声音，又沉重又飘忽地绕过耳边，一路迤逦而去——

贞观差些爬起来,冲至门前,开了门闩追出去看个真实、究竟——

然而,她直坐着床沿不动;人还是浑睡状态,心却是醒的。那声音在清冷的黎明里,有若冰凉、轻快的两把利刀,对着人心尖处划过去——心破了,心成为两半;是谁吹这样的箫声?

她伸手去推银蟾:"你起来听——这声音这样好——"

银蟾今儿倒是两下手即醒;她惺忪着双眼,坐起来应道:"是阉猪的呀!看你大惊小怪——"

说完,随即躺下再睡;贞观一想,自己果然好笑,这声音可不是自小听的!怎么如今变得新奇起来?

这一明澈,贞观是再无睡意,正准备下床开灯的同时,房门突然呼呼大响:"谁人?"

从她懂事起,家中,这边,还不曾有人敲门落此重势——

"是我——贞观——"

"来了——"

贞观系好衣裙,赶到门边开门,她三妗的人一下闪身进来;"三妗——"

"……"

刚才,她还来不及开灯,此时,在黎明初晓的"伸手仔"里,门、窗所能引进的一点晨光中,贞观看见她这个平素"未打扮,不见公婆",扮相最是整齐的三妗,竟然头不梳,脸未洗。

"三——"

"即刻换身赤色衣衫,你三舅在外面等你,手脚轻快点,车要开了——"

整串话,贞观无一句听懂,亦只得忙乱中换了件白衫,她三妗已经出去将面巾弄湿回来,给她擦脸。

"不用问了,我也不会讲——"

贞观这才看到她的红眼眶:"到底——"

"赶紧啊!到门口就知道了!你阿舅一路会与你讲;我和银月她们随后就来!"

贞观从后落一直走到前厝,见的都是一家忙乱的情形。

是怎样天大地大的事呢?

大门口停了七八辆车,有盐场的,有分局的,或大或小;二妗、四舅一些人纷纷坐上,车亦先后开出——

与贞观同车的,是她三舅;舅甥两个静坐了一程路,竟然无发一言……

贞观知道:自己这样迟迟未敢开口的,是她不愿将答案求证出来;她的手试着轻放膝上,努力使自己一如平常。

当她的手滑过裙袋,指头抵触着里面的微凸;她于是伸手进去将之掏出——是条纯白起红点的手巾,在刚才的匆忙中,她三妗甚至不忘记塞给她这项……

在这一刻时,她摸着了手巾,也知得自己的命运。

贞观忍不住将它捂口,咽咽哭起。

三舅的手,一搭一搭地拍着她:"贞观——"

"……"

不是她不应;她根本应不出声。

"今早三点多,义竹乡起火灾,你父亲还兼义消,你是知道的——"

豆大的泪珠,自贞观的眼里滚落:"阿爸现在……人呢?——"

她清理良久,才迸出来第一声问话,怎知嘴唇颤得厉害,往下根本不成声音:"……"

三舅没有回答,他是有意不将真相全说给她知道;而她是再也忍不住不问:"阿舅,我们欲去哪里?"

"嘉义医院——"

"阿爸——到底怎样?"

"说是救火车急驶翻覆,详细,阿舅亦不知——"

就在此时,前座的司机忽然回头看了她一眼,就在这一眼里,她看出一个双亲健在的人,对一个孤女的怜悯之情——

贞观的眼泪又扑簌落下……

早知道这样,她不应该去嘉义读书,她就和银蟾在布中念,不也一样?

早知有今日,她更不必住到外公家——他们父女一场,就只这么草草几年,她这一生喊爸爸的日子,竟是那样短暂易数——

身旁的三舅,已是四十出头的人了,他还有勇健健的一个父亲。

就连阿嬷六七十的岁数,伊在新塭里娘家,还有个满头银丝、健步如飞的高堂老父——她的外曾祖。

父亲健在的人,是多么福分,多么命好!而今而后,她要羡慕她们这样的人,要愧叹自己的不如……

省立嘉义医院里面,是一片哭喊声;三舅拉着她,病房一间找过一间,内科、儿科、外科……直转到后角落来——

贞观在转弯角才看到早她一步的二姨、二妗;当她奔上前来,她父亲平躺台上的情景,一下落入眼里:"爸——"

像是断气前的那么一声,贞观整个人,一下飞过众人,趴倒跪到台前来。

此时,她几乎不能相认自己的母亲,伊像全身骨骼都被抽走,以致肢体蜷缩成一堆;而她的两个弟弟,跟在一旁,嗓声若牛——她相信父亲若能醒来,见此情景,一定不会这样丢着她们就去的——姊妹几个不知何时到来,静在一边,陪她落泪,当她们欲挽起她时,贞观不肯。

她二姨近前小声说道:"你母亲已经昏过去三次了,你再招她伤心?还不过去帮着劝——"

贞观才站起,人尚未挨近前,先听见一片慌乱;是自己母亲昏厥在大妗身上……

2

车队缓缓地移着。

招魂的人,一路在前,喃喃念咒;夜风将他大红滚黑,复镶五色丝线的奇异道服,鼓播得扬摆不停。

在贞观车前的,是她的两个弟弟;他们手捧父亲的神主牌位,头一直低着。

贞观和她外祖母坐在后队的三轮车里,风不断将她脸上的泪水吹干,然而目眶似乎供之不竭的,随即又流湿下来——

就这样让它纷纷泗淋垂吧!

想到做父亲的,一生不曾享福过,养她这么大,尚未受过她一点半滴;人家阿姨、母亲,若有一项半样好吃糕饼食物,就惦记的带回来给她们的父亲,吃得外公尽在镶牙,满嘴补得不是金,就是银……

同样生为人子,自己就这样不会做女儿;别的事项,也还有个情商、补救的,唯有这个,她是再无相报的时日了。

古书上说起新丧考妣的孝子,总说他们流泪流到眼里出血,贞观则是此时方得了解,她就是泪淌成河,泪变为血,也流不完这丧父的悲思。

椎心泣血,原以为古人用字夸张,在自己经历状况,才知真实!

泪眼模糊里，贞观望着招魂香摇晃而过的黑暗旷野，忽然心生奇想：她相信父亲的魂魄，自然跟在大队人马后面，欲与她们一起回家。

"天恩啊，你要返来啊！跟着大家回返来啊！"

"天恩啊，回转来，返咱们的厝来！"

车前车后的人，都同口合声，跟着她阿嬷这样叫唤着。

"爸——回来啊——爸——"

贞观自己叫一次，哭一声，眼泪把她襟前的一片全沾湿了；车路这样颠簸，她母亲坐在后面车上，不知晕吐了没有？

沿途木麻黄的黑影，夹着路灯圈晕，给人一种闪烁不定的错觉；身随车摇，如此一步一前，故乡就在不远处，那黑暗中夹杂一片灯海的光明所在……

回去了，故乡还是明皓皓的水色与景致，而从此的她，却是——茕茕孤露，长为无父之人，无父何怙——整句尚未想完，贞观已经泪如涌泉，不能自己。

车队驶过外公的家，直开到贞观家门口才停；早有银山嫂等人，先过这边来，煮下一些汤水、吃食……她母亲虽说劳顿不成人形，贞观看她还是勉强招呼众人食用。

而多数的人，也只是各各洗了头面、手脚算数，看着饭食，同样地噎咽难下。

一直到露重夜深，舅父们才先后离去。女眷们大多数都留下来；嘴上说的，这边睡可以和贞观母亲做伴，事实上是要看住伊的人，只怕一时会有什么想不开，去寻短见。

贞观和银月姊妹忙着从被橱里，翻出各式铺盖、枕头，一一安置在每间房里，床位不够的，临时就在地上打铺。

顿时地下、床上，横的、直的，躺满人身；有翻来覆去，不能睡的；有无法入眠，干脆倾身坐起说话、守更的；更有见景伤情，感叹自己遭遇，哭得比谁都甚的。

尤其她孀居的大姈、二姨，那眼泪更是一粒一两，落襟有声。

一直到天透微光，四周围仍不断有交谈的嚅嗫声传出。贞观一夜没睡，那双目，别说能阖，连眨动都感觉生涩疼痛。

当破晓辰分的第一声鸡叫响起时，贞观忽地惊想起：今日，不就是众生赶考的日期……原先说好，是父亲带她去的，如今少了父亲，自己一下变成塌天陷地的人，能有什么心思？

自己竟花费六年，来准备这样一场不能到赴的考试；苍天啊苍天！

贞观费力地闭起眼，两滴眼泪还是流下来——

她希望自己早些睡过去，但愿这一切，从头到尾都是假的，都是谁哄骗了她，拿她开了玩笑。就连刚才的泪，亦是梦中流滴，只要她这么阖眼歇困一下，等到天明再起，她还会是从前的阿贞观，那个有父亲可称唤的骄傲女儿！

七

1

百日之后，她二姨正式搬过这边来，与贞观母子同住，自此朝夕相依，姊妹做伴。

她二姨丈去世那年，贞观还未出生呢；怎样的缘故，并未听人提起；二姨唯一的儿子，如今在高雄医学院，说是成家以后，就要接伊去住。

且说银月姊妹每日上班经过这里，总会进门请二位姑母的安，也探一探贞观，说几句话再走。

这日大家都来过又走，单单一个银蟾押后赶到，贞观不免说她："干脆你把闹钟放在床下，也省得天天这样！"

银蟾分明道："今早我可是六点多即起的，怎知东摸西摸，又拖到现在，刚才是出门时被四婶喊住，她叫你没事去一趟呢！"

外公家离此不过两百公尺，虽说这三个月来，她是少去了，但偶尔经过，走动仍旧难免；如今她四妗这样正经差人来说，还是头一回。

"有什么事吗？"

银蟾先是没想到上面来，此时看贞观模样，倒被她问住了："没有啊！有事情怎么我会不知道？"

说着她自己又想了一遍，才与贞观道："大概有什么好吃的留给你；

我再不走要迟到了!"

贞观看她上了脚踏车,风一样的去得快,自己只得返身来陪母亲、二姨吃早饭,又洗过碗筷,这才禀明意思,往她外公家走。

她外公家大门口,正好有个黑衣阿婆端了木盆出来,贞观认出是个专门到各家厨房收洗米水,拿回去喂猪吃的老妇人。

阿婆见着她戴孝的绒线,开口问道:"你就是水红的女儿?"

"我是!阿婆。"

老妇人放了米汤,拉起贞观的手,仔细看了她好一下:"你长得这样像你阿爸……"

贞观觉得老人的手在抖,过一会才知道,伊原来是要抽出手去拭眼泪。

"你阿爸是我这一生见过,心肠最好的人──"

"……"

贞观无以为应,她低下头去,又抬了起来,却见阿婆的泪水,渗入伊脸上起皱的纹沟里,流淌不下。

她帮她擦了泪水,顾不了自己滴在手掌心的泪。阿婆等好了,又说:"你大的弟弟在台南读一中,听说成绩怎样好呢!唉!也是你阿爸没福分。"

等伊发觉贞观已是两眼皆红时,连连说道:"你莫这样了──都是我老阿婆招惹你!"

"没──有──"

贞观才擦眼泪,只听老妇人又问:"水云现在不是住你厝里?"

"是啊!二姨来和我们做伴。"

老妇人叹气道:"水云也可怜啊!廿出头就守寡;你那个二姨丈,好汉英雄一般,六尺余,百斤重,一条老虎吃不完,也是说去就去,人啊!——"

阿婆走后,贞观犹在门前小站些时,等心情略略平复了,这才踏步入来。

出大厅即是天井,贞观人尚未走到,先见着她四妗自内屋出来:"四妗!"

"你可来了;阿嬷昨晚还念你呢!"

"我去看阿嬷。"

"等一下。"

她四妗阻她道:"半夜闹头疼,翻到四五点才困的,你先来我房里,有一封信要给你。"

贞观其实没听见伊最后一句讲什么,以致当四妗将信递到她手上时,她还摸不清来路:"这是——"

是一封素白的信,看看字迹,从不曾见过。不对! 这字这样熟识,这不是自己的笔迹吗? 她哪时给自己写信来了?

"奇怪是不是? 也没贴邮票?"

她四妗反身去关衣橱,一面又说:"是大信寄来的,夹在给我的信里。"

原来是那个鱼刺鲠咽喉的男生! 那个看武侠故事,烧破蚊帐的!

这字为何就与自己的这样像? 世间会有这般相似的字吗? ——

贞观将它接过,在手中捏弄半天,一时却不知如何处理。

她四妗问她:"你不拆开来看吗? 大信托我转给你——"

"要啊——我在找——剪刀——"

她四妗又说:"姑丈的事,他到前天才知的,你坐在这里看吧,四妗先去买菜。"

"哦——"

四妗走后，贞观摸着了剪刀，摸着、摸着，终于把封口铰开——世上或许有字体相似之人，但会相像到这般程度吗？

她展信来读，心上同时是一阵战栗：

贞观：

这么久没有大家的消息，我因为有个指导教授生病（他今年七十，一直独身），这些时都住到宿舍里陪他，家中难得回去，昨天才听家母说起令尊大人之事，甚悲痛，在此致问候之意，希望你坚强，并相劝令慈大人节哀！

大信　上

她将信看了两遍，一时便折好收起，怎知未多久，却又取出来，重行再看——

2

经过这样一次大变故，贞观母亲虽说逐渐、慢慢地好起，然而，体力与精神，都较往前差很多，因此她外婆生病的这些时，她母亲要她住到这边来，早晚侍奉汤药，多少尽一点女儿心。

老人家这次闹头疼，是患两日即好，好了又发……如此拖了半个余月，惹得一家人担忧不说，连她住台南的大姨，都赶回来探望。

姊妹之间，她大姨与贞观母亲最是相像，说是从前做女儿时，大姨丈从外地跑来，想偷看女方，怎知大姨婚嫁之龄，岂有街上乱走的？这下媒人只有指着贞观母亲——那时还十二三岁，说是：这是伊小妹，生的就是这个模样。

在贞观父亲刚去世时，大姨到她家住了整整十天；贞观每早晚听伊这样，相劝自己母亲——水红，死的人死了，活的还要过日子！

而回来的这几日，娘家的兄嫂、弟妇，个个异口同声留伊，她大姨还是入晚即到贞观家睡——为了重温姊妹旧梦，更对遭变故的人疼怜。

这晚，外婆房内挤满请安的人；贞观坐在床头，正听众人说话，抬头却见她大姨提了衣物进来。

"大姨，你不多住一天吗？"

"不行啊，车班老早看好了，我还叫银城去买车票——今晚，我就睡这里。"

她三姈笑道："——我就知哦：是来吃奶的！"

众人都笑起来；她大姨坐到床边，才又说："要说断奶，我可是最早的一个！要笑你应该笑阿五，他吃到七八岁，都上国校了，还不肯离嘴，阿娘在奶头上抹万金油、辣椒，他起先是哭，还是不放，阿娘没办法，只好由他——"

众人又都笑起。

"是怎样断的？"

"他每日上学堂，都先得吃几口，才要出门——"

"站着吃吗？"

"当然站着；七八岁了，阿娘哪里抱得动，后来有同窗来等他一起上学，大概怕人看见，抑是被人笑了，这以后才不吃了——"

连她阿嬷都忍不住笑起；一面说："水莲，怎么你都还记得？"

"……"

一房间的人,只有她五妗有些不自然;贞观看伊先是不好意思,因为人家说的正是伊丈夫,可是事情也实在有趣,所以伊想想也就跟着笑起来——"小儿子就是这样!阿娘那时几岁了?四十都有了,时间又隔得久,哪里还有奶!"

"……"

入夜以后,请安的人逐一告退;银蟾姊妹乃道:"大姑睡这边,我们去银月房里——"

"哪有需要呢——"

她阿嬷和大姨同声说道:"这里够阔的!再多两个亦不妨!"

贞观早换了睡衣,傍着她大姨躺下,先还听见母女二人谈话,到后来,一边没回声,原来老人家入眠了。

阿嬷这两日是好了,只是精神差些,到底是上年纪的人……

伊的头疼看似旧症,事实是哭贞观父亲引起的;她父亲幼丧父母,成家后,事岳母如生身母亲,阿嬷自然特别疼这个女婿——

贞观拉一下盖被,看看银蟾二人已睡,乃转头问她大姨:"你看过二姨丈吗?"

突然这么一句,她大姨也是未料着,停了好一下,才说:"你是想着什么了?临时问这项?"

"我——早就想问了,……一直没见过大舅和二姨丈!"

房内只剩下一小盏灯,贞观在光晕下,看着大姨的脸,忽觉得伊变做母亲:"阿贞观,照你说的,我们姊妹三个,谁人好看?"

贞观想了一想,说是:"二姨皮肤极好,大姨和妈妈是手、脚漂亮……还有眉毛、眼睛,唉呀,我也不会比——"

她大姨笑道:"你这样会说话!其实,水云还是比我们两个好看,从前未嫁时,人家叫伊黑猫云——"

本省话,黑猫是指生得好,而且会妆扮、穿着的女子——

她大姨这一句话,使得贞观极力去想:二姨再年轻廿岁时,该是如何模样?

如果伊不必早岁守寡,如果没有这廿年的苦节,她二姨真的会是四五十岁一个极漂亮的妇人;然而,现在——贞观觉得伊像是:年节时候,石磨磨出来的一袋米浆,袋口捆得牢紧,上面且压着大石头,一直就在那里沥干水分……

她大姨又说:"你听过这句话吗——黑猫欲嫁运转手——"

运转手是指开车的司机;好看的女子,要嫁就要嫁司机? 这是什么时尚?

贞观问道:"怎样讲呢? 大姨。"

"现在当然是过时了,它是光复前几年,民间流传的一句话;战乱时,交通不便,物资实施配给,会开车的人特别红呢!"

贞观不难明白:从前,祖父他们,到台南要走三天,到嘉义要走一天半,在那样的时日里,一个车辆驾驶者,会是怎样赢得女子的倾心,怎样的使人对他另眼相看待。

二姨丈原来是开车的!

"是怎样呢?"

"战争最激烈那年,……你们都还未生呢! 出世在那个时势,也是苦难!"

"……"

"水云带着孩子,回这边外家避空袭,你二姨丈刚好那日闲暇,就在自家鱼塭,偷网了几斤鱼,从大寮直走路,提来这里——"

贞观打断话题道："不对啊！既然二姨丈家的鱼塭，怎么能说是偷呢？"

她大姨笑道："你们现在是好命子，要吃什么有什么，那个时候哪有呢？日本人说兵士打仗，好物品要送到前线，物资由他们控制，老百姓不能私下有东西！"

"……"

"举一个例，你三叔公那边后院，不知谁人丢了甘蔗渣，日本人便说他家藏有私货，调去问了几日夜，回来身上截截黑——"

"……三叔公到底有没有吃甘蔗？"

"哪里还有甘蔗吃呢？"

"……"

"更好笑的日本人搜金子，他们骗妇人家：金子放在哪里，全部拿出来——"

"谁会拿出来？"

"就是没人拿，他们一懊恼，胡乱编话，说是——不拿出来没关系，我们有一种器具，可以验出来，到时，你们就知苦——"

这样哀愁的事，是连贞观未曾经历的人，听了都要感叹——"配给，到底怎样分呢？"

"按等分级；他们日本人是甲等，吃、穿都是好份，一般老百姓是丙等——"

"乙等呢？"

"那些肯改祖宗姓氏，跟着他们姓山本、冈田的，就领二等物资——"

"认贼做父——"

贞观哇哇叫道："姓是先人传下，岂有改的？也有那样欺祖、背祖的人吗?"

"有啊,世间的人百百种——"

"……"

贞观停了一会,又问回原先的话:"二姨丈既是走路来,是不是半途遇着日本兵?"

"……"

她大姨摇摇头,一时说不出话来;贞观想着,说道:"大姨——我们莫再讲——"

"——我还是说给你知道,你二姨丈是个有义的人;他来那日,天落大雨,又是海水倒灌,街、路的水,有二三尺高……"

"……"

贞观不敢再问,她甚至静静躺着,连翻身都不敢翻一下。

"你二姨丈披蓑戴笠,沿途躲飞机和日本兵,都快走到了——"

"……"

贞观的心,都快跳出腔来。

"——是在庄前,误将鱼埕做平地,踏陷下去……到第三天,才浮起来——"

"……"

贞观闭起眼,想着二姨丈彼时的困境:半空有炸弹、飞机,地面有岗哨、水患;大寮里到此,要一个小时脚程;他这样一路惊险,只为了对妻、子尽情——人间有二姨丈这样的人,世上的百般事情,又有什么不能做呢?

"百日之后,居然还有人来给水云说亲……唉,这些人!"

贞观心内想:二姨是几世做人,都想他的情想不完,伊岂有再嫁的?

姨甥两个相对无言,都有那么一下了,贞观忽地推被坐起,就着灯下看表。

"唉呀,十点过了——"

"有什么事吗?"

"阿嬷要听《七世夫妻》的歌仔戏,叫我喊伊起来——"

她一面说,一面下床来扭收音机;她大姨打着呵欠道:"再转也只有戏尾巴了,听什么呢?明晚再说吧——你几时来台南玩?"

"好啊——"

贞观应一声,正准备关掉旋钮,此时,那会说话的机体,突然哀哀一阵幽怨;是条过时的老歌:"——春天花蕊啊,为春开了尽——"

……

前后怎样,她都未听明白,因为只是这么一句,已经够魂飞魄散,心折骨惊了——春天花蕊啊,为春开了尽——旋律和唱词,一直在她心内回应;她像是整个人瞬间被磨成粉,研做灰,混入这声韵、字句里——

应该二姨是花蕊呢?还是姨丈?

贞观由它,倏的明白:情字原是怎样的心死,死心;她二姨夫妇,相互是花蕊,春天,都为对方展尽花期,绽尽生命!

房内的人都已入睡;贞观悄声在靠窗的一边躺下,当她抬头望夜空,忽地想起《此情问天》来——

1

这两年是在台南过的。

当初，贞观决定出外时，她母亲并不答应；她于是学那祝英台，在离家之前，与老父立约在先。

贞观与她母亲，也有这样的言契："二年半过，弟弟毕业了，我随即返来。"

因为有这句话，她母亲才不坚持了，加上她二姨一旁帮着说："台南有水莲在那里，你有什么不放心的？再说，照我看来，阿贞观心头定，脚步碇，是极妥当的人——"

她母亲未等说完，即言道："我哪里是不放心？我是不舍得……到底我只有她一个女儿！"

贞观听出话意，便抚她母亲的手道："妈，我去台南，可以做事、赚钱，也好照看阿仲，他们男生粗心……"

那时，她大弟弟眼看就升高二，贞观因为自己大学未考，全副的希望，就放在他身上。

她母亲又说："你才几岁的儿，能赚几文钱？"

贞观没应声，尤其她大姨早在稽征处给她找了工作，是临时的造单员。

她母亲停停又说:"女儿我生的,她的心我还会不知吗? 你也不必急着分我身上的担,倒是我问你,你自己心里怎么想呢?"

贞观咽咽口水,心想:我能怎么想呢? 您是守寡晟子的人,我即使无力分忧,也不会一直做包袱啊!

她母亲道:"你父亲生前赚的辛苦钱,我俭俭、敛敛,存了一些,加上那笔抚恤金;它是你父亲生命换的,我妇人家不会创,只有守,将它买下后港二甲鱼塭丢着,由你舅、妗代看,以后时局若变,钱两贬值,你姊弟也有根本;你若想再升学,该当补习,或者自修,做母亲的,我都答应,家里再怎样,总不会少你们读册、买书的钱——"

说到辛酸处,她母亲几次下泪,泪水照见贞观的脸,也照出她心中的决定来:"妈,我那些成绩,也不怎样,还考它什么呢? 倒不如像银月她们早些赚钱,准备嫁妆——"

她本意是要逗她母亲发笑,然而话说出口,又难免羞赧,便停住不说了。

当晚母女同床,说了一夜话,第二天,又相偕上街,剪了花布,做几件衣裳。到出门那天,两个阿妗陪她母亲直送她到车站,贞观坐上车了,她母亲隔着窗口,又叮咛一句:"真晓事的人,要会接待人,和好人相处,也要知道怎么与歹人一起,不要故意和他们作对,记得这句话——恶马恶人骑,恶人恶人治——"

她等车子开远了,才拿手巾按目睭,只是轻轻一按,谁知眼泪真的流下来——

住台南这些时,贞观每年按着节令回去:上元、清明、端阳、普渡、中秋,然后就等过年;如此这般,两年倒也过了;如今——弟弟都已经升高三,往下一算,就只剩存三个余月,近一百天!

故乡还是故乡,她永远具有令人思慕、想念的力量,然而——使得今日,贞观变得恋恋、栈栈,欲行难行的是:当初她并未分晓台南是怎样一个地方。

她每天走半小时的路程去上班,黄昏又循着旧路回大姨家,其实那路不长,别人十来分即可走完的,偏偏她会走,像是缠足、缚脚的阿婆一样。

怎知台南府竟有这样的景致,满街满巷的凤凰木,火烧着火一样,出门会看见,抬头要看见,不经心,不在意,随便从窗从户望出来,都是火红红、烧开来的凤凰花。

思想前史,贞观不禁怀念起早期开台的前辈、先人;他们在胼手胝足、开芜垦荒之际,犹有余裕和远见,给后世种植下这样悠扬、美丽的花朵,树木。

贞观每每走经树下,望着连天花荫,心中除了敬佩,更是感激无涯尽。

为了走路一项,她大姨夫妇几次笑她:"也没见过世间有这样的人,放着交通车不坐,爱自己一步一步踢着去!"

她笑着给自己解围:"我原先也坐车的,可是坐不住啊! 一看见凤凰花,就会身不自主,下来走路了!"

凡间的花,该都是开给人看,供观赏的,只有凤凰树上的,贞观感觉它是一种精神,一种心意,是不能随便看着过去的;说是这样说,人家未必懂得她;连她给银蟾姊妹写信,回信居然写道:"——既然你深爱,干脆长期打算,嫁个台南人算了!"

银蟾这样,贞观愈是要怀念伊;姊妹当中,她最知道银蟾的性情。

伊有时爱跟自己负气、撒娇,那是因为她们两个最好。

她其实也是说说罢了，二人心下都明白：无论时势怎样变迁，故乡永远占着最重要的位置；故乡的海水夜色，永远是她们心的依靠。

2

贞观这日下班回来，先看见弟弟在看信。

桌上丢着长信封，贞观一见，惊心想道：又是这样的笔迹……原来，世上字体相像者，何其多也——

她想着问道："阿仲，是谁人写的？"

"哦，阿姊，是大信哥哥——"

她弟弟说着，又从抽屉里拿出一封："这封是给你的！"

原以为会是谁，原来还是那人！

"你几时与他有联络？"

她弟弟笑道："大信哥哥是我的函授老师呢！都有一学期了，阿姊不知啊？"

"……"

"是升高三的暑假，四妗叫他给我写信。有他这一指点，今年七月，我的物理、化学，若不拿个九十分，也就对不起三皇五帝，列祖列宗——"

贞观心内一盘算，说道："咦，他不是大四了吗？"

"是啊，预官考试，毕业考……一大堆要准备，不过没关系，他实力强——"

他弟弟说到这里，笑了起来；红红的脸，露出一排白牙齿。

"说是这样说，你还是自己多用心！"

贞观一边说，一边铰开封缄来看；二年前，大信给过自己一封信，当时,她没想着要回他,如今——

贞观:

久无音讯,这些时才从阿仲那里,知道你一些近况。

我升初二那年,到你们那里做客,吃鱼时鲠着鱼刺,也许你已淡忘了,我可是记得很清楚:谁人拿来的麦芽糖!

看你的样子是不欲人知,我也只好不说,然而这么久,一直放在心上不是办法,赶快趁早正式给你道声:多谢。

大信敬具

贞观看过,将之收好,隔日亦即提笔作复,言语客气,主要的在谢谢他教导弟弟费心,没过几天,他的信却又来了。

贞观:

回家时,看到桌上躺着你的信,吓了一跳,(其实是吃了一惊!)然后就很高兴了。(原先不能想象你会回复呢!)

称我刘先生,未免太生分、客气,还是叫名字好,你说呢。

听说你喜欢凤凰花,见了要下来走路,极恭敬的,如此心意,花若有知,该为你四时常开不谢。

台南的特色如果说是凤凰,台北的风格,就要算杜鹃了;但是你知道吗?凤凰花在台南府,才是凤凰花,杜鹃花也惟有栽在台北郡,才能叫做杜鹃花,若是彼此易位相移,则两者都不开花了。(你信不信?)

我实验室窗外,正对着一大片花海,现时三月天,杜鹃开得正热,粉、白、红、紫,简直要分它们不清。

寄上这一朵,是我才下楼摘的,也许你收到时,它已经扁了!

祝

愉快!

大信　敬上

贞观的手双捧着花魂来看,那是朵半褐半红的杜鹃,是真如大信说的,有些干了。这人也有趣,只是他的信不好回,因为连个适当些的称呼也没有。

到底应该如何叫呢?她是连银城他们的名,都很少直接呼叫的。想了三五日,贞观才写了封短信:

兄弟:

祖父,高祖那一辈分的人,也难得人人读书、认字;可是,自小即听他们这样吟唱:五湖四海皆兄弟——

想来,我们岂有不如他们高情的?

花收到了!说起来也许你爱笑,长这么大,这还是我第一次见识!

真如你说的,台南没有杜鹃,台北没有凤凰,或许每样东西都有它一定的位置吧?!

祝

好

贞观　谨启

信才寄出三天,他又来了一封;贞观心里想:这人做什么了? 毕业考大概要考第一名了;都准备好了吗?

　　贞观:

　　想起个问题来,我竟不能想象你现在如何模样,九年前看到的阿贞观,才小学毕业,十二三岁的小女生!

　　凤凰花到底有多好呢? 你会那样在在心? 能不能也寄给我们台北佬看看?

　　就你所知,我是老大,还是大家庭中,老大的老大,你了解这类人的特性否? 固执、敏感,虽千万人而吾往矣——习惯于独行夜路,无言独上西楼,月如钩,心如水,心如古井水,井的宁静下,韫藏着无限的狂乱,无限的澎湃,却又汲出信、望、爱无数。附上近照一帧,几年不见,还能相认否?

　　　　　　　　　　　　　　　　　　大信　敬上

　　附的是一张学士照,贞观不能想象,当年看《仇断大别山》,烧破蚊帐的男生,如今是这样的泱泱君子,堂堂相貌。

　　富贵在手足,聪明在耳目——大信的眼神特别清亮,内敛十足而不露,看了叫人要想起“登科一双眼,及第两道眉”的话来。

　　最独特的还是他的神采,堪若杂志中所见,得诺贝尔奖的日本物理家——汤川秀树。

　　然而这信却给她冰了十来日。

　　这段期间,贞观赶回故乡,因为银月即做新娘,必须给伊伴嫁。

　　姊妹们久久未见,一旦做堆,真是日连着夜,早连着晚不知要怎样才能分开。

迎亲前一晚,五人且关做一间,喳喳说了一夜的话;其实连银杏一共是六人,差的是她年纪小,十四五岁,才上初二,说的话她听不热,而且也插不上嘴,又知道人家拉她一起是为了凑双数,因此进房没多久,便蒙头大睡。

新郎迎娶那日,贞观众人,送姊妹直送嫁到盐水镇;亲家那边,大开筵席,直闹到下午三四点,车都排好在门口等了,房内新娘还只是拉着她,放不开手。

贞观见她低头垂泪,心下也是酸酸的,只得一面给她补粉、拭泪,一面说:"点啊点水缸,谁人爱哭打破缸——"一句话,总算把银月逗笑了。

回程众多车队,贞观恰巧与她四妗同座;听得她开口问道:"大信有无与阿仲写信?"

"有阿,都是他在教的!考上第一志愿时,让他好好答谢先生!"

"唉!"

她四妗却叹了一口气:"其实这些时,他自己心情不好——"

贞观听出这话离奇,却也不好问什么。

她四妗道是:"他班上有个女孩子,大一开始,与他好了这几年,总是有感情的,如今说变就变,上学期,一句话没讲,嫁给他们什么客座教授,一起去美国了——"

"——"

"其实这样没肠肚的人,早变早好,只是他这孩子死心眼,不知想通也未?"

"……"

贞观悄静听着,一时是五种滋味齐倾倒;然而她明白,自己看重大信,并不是自男女情爱做起头,她一直当他是同性情之人。

因而今日，她应该感觉，自己与他同此心，同此情：可怜了我受屈、被负的兄弟！

又过一日，银月归宁宴亲，举家忙乱直到日头偏西，司机从门外几次进来催人，新娘才离父别母，洒泪而去。

贞观自己亦收好行装，准备和大姨夫妇返台南；她一一辞过众人，独独找不着银蟾。

银蟾原来在灶下，贞观直寻到后边厨房，才看到她正帮着大师傅一些人，在收筵后杂菜。

大宴之后的鲜汤、菜肴相混，统称"菜尾"。"菜尾"是连才长牙齿，刚学吃饭的三岁孩童，都知道它好滋味；贞观从前，每遇着家中嫁、娶大事，连日的"菜尾"吃不完，一日热过一日，到五六日过，眼看桶底将空，马上心生奇想，希望家中再办喜事，再娶妆、嫂；不只是"菜尾"的滋味，还为的不忍一下就跟那喜气告别……

如今想起来，多么可爱，好笑的心怀——

"阿银蟾，我要走了！"

银蟾回头见是她，起手盛个大碗，端过五间房来，又拉了她道："来把这碗吃了再走！"

"阿弥陀佛！吃不下了！"

银蟾不管，把汤匙塞给她道："车上就又饿了！你一到台南，再想吃它也没得吃呢！"

"可是——"

银蟾看她那样，倒是笑起来："可是什么？连三岁小孩都知道它是好滋味。"

说了半天，最后是两人合作，才把它吃完；贞观不免笑银蟾道："等你嫁时,菜尾都不必分给四邻了,七八桶全留着新娘子自己吃!"

"是啊!吃它十天半个月!"

两人哈哈笑过,银蟾还给她提行李,直直送到车站才住。

回台南已是夜晚九点,她大姨坐车劳累,洗了身即去安歇。贞观一上二楼,见她弟弟未睡,便将家中寄的人参给他,又说了母亲交代的话;等回自己房来,扭开电灯,第一眼看见的,是桌上一只熟悉信封;弟弟不知何时帮她放的。

她坐定下来,其实并未真定,她感觉自己的心扑扑在跳。

临时找不到剪刀,又不好大肆搜索,怕弄出声响,只好用手撕。

撕也是撕不好,歪歪刺刺,她今晚这样心神不宁,因为不知道大信要说什么。

小呆一会,她终于将纸展开,就着灯火,一个字,一个字详细读来:

贞观:

买了一本《李贺小传》,颇好!

前些天还看了唐人传奇、明代小说,《牡丹亭》《长生殿》等等。

读一段散文,一篇小说,并不是轻而易举的事,读者被诱惑、被强迫,从现实、安定(麻木?)的心境中,投身入一种旧日情怀,一种憧憬,一种悲痛,无论如何,他陷入汹涌激流里。阅读之际,上面是现实的人生,下面是蝴蝶的梦境,浮沉其间,时而陷入激流之下,亢奋、忘我、升华(注)、时而浮出尘世,还我持重、克制的人生……

穿梭在这两层之间,是一种拉扯,一种撕裂,但若能趋向和谐,倒也是很好的。

化学家注：升华，Sublimation，化学名词，指由固体直接变成气体，（不经液态）是一个突然而令人赞叹的过程，譬如说，将顽石般的心肠，化为一腔正气。

祝

愉悦

大信

贞观忽然掩信闭目起来，她为什么要拆这样一封信？她不应该看它的，大信所有给她的好感，是从这封信开始的！

——时而浮出尘世，还我持重、克制的人生——

怎样有礼的人啊！

这般相近的心怀，相似的性情；他说的几本书，她也正看着呢！连看书都不约而同了，她又如何将他作等闲看待？

3

化学家：

附上二瓣凤凰花，我对它们是——初见已惊，再见仍然。

另寄上我们办公室同仁合照一帧，既是你欲知端的，就试着猜吧！

贞观　敬上

三天过后，台北来了一封限时信；

贞观：

凤凰花原来这么好，我竟感觉它：前世已照面，今生又相逢。

看来要想办法搬到台南住了；不是吗？我们一个教授说：读书的目的，为了要与好的东西见面：好事、好情、好人、好物。

照片看到了，唯一可以确定的是：那些打领带的家伙，必定不是你！

猜得多好啊！我不要再猜了！（其实我还是知道你是哪个！哈！）

大信

如果这次银月结婚，她没回去，即使回去了，只要没和四妗同车，听不到伊的那段话，贞观应该是很快给大信回信的；然而今日——她既已知道他内心的曲折，又对他的人逐日看重，再要回去原先的轻眉淡眼，实在不容易。

想了几日没结果，正在难堪，他的信倒来了：

贞观：

给你说个杜鹃花城的故事。这是一个朋友的恋爱：

刚进入大学那一年，（花城新贵）他少年狂妄，她灵秀脱俗……严冬过去，当第二个春天扫尽落叶的时候，他们便脱掉少年羞涩的外衣，疯狂地爱了起来……

校园里，满是两人的足迹，林荫大道，园艺所、老校长的墓，还有六号馆旁一个亭子；这亭子对他们来说，更具有特别的意义，因为一切的盟誓、言契，都是在那里说就的！

无论到哪里,他们都会带一本漂亮的书,这样比较安心,也可枕着头,笑着椰林过客……

可是她宁可靠着他的肩膀。

偶尔也会丢开众生,躲到没人的地方,这样可以避开有色的眼光,(那些脑筋不健康的家伙!)才没多久,他忙着老教授的后事,她竟在一个月内他嫁,随即去国离家。原先他们互订终身,约好一起出去的,她一定是忘了……也好,两人互不见白头,倒也是很好的结局!

我的朋友把这种感伤传给我,然而,——出生在这样动荡时代的人,是不应该淹没在如此平凡的悲剧里——

信等于没有写完,贞观可以想知,他内心的混乱和挣扎!

他不想瞒她,却又无从启齿,于是打了这样不高明的比喻;试想:除非当事者,谁人又如何得知,爱侣之间的信誓?

贞观觉得酸楚;她未曾料到,他会有这样一段过去,然而对大信的人,她还是爱惜和敬意。

大信的昭明、阳气,正是从这里见出的;他真是个明亮的人!

心知如此,她却又要跟自己赌气,于是回了他这样一封信:

男主角:

这么伟大的恋爱,真是永生永世啊!(令人感动!)

《水浒传》里,梁山众人曾有这样的盟誓:一日之声气既孚,终生之肝胆无二。想来你一定更能体会。

爱是没有错爱的! 那人既是你心上爱过,就可以终此一生无所改!

　　真爱应该是没有回头的,只要清晰确定:这人深合吾意,甚获吾心,那么能够爱,就已经很够了,也不一定要纳为己有;是庄子说的:若然者,藏金于山,藏珠于渊——

　　只要她是人世的风景,只要她好好活着,人生何其美丽!

　　　　祝

坚定!

　　　　　　　　　　　　　　　　　贞观　敬上

　　信刚寄出时,贞观并不觉得怎样不妥,然而等了七八天过,大信还无回音,她才想出来自己做错了;既是他不明说,她又何必去点破它呢?世事真真假假,她即使详情尽知,又怎样了?

　　原来她也只是个傻人,是人世万迷阵里的痴者;生命中的许多事,其实是可以不必这么当它真的!

　　第十天,信终于姗姗来到:

　　贞观:

　　　　接到你的信,有些生气(一点点),你何苦逼我至此?

　　　　好吧! 那个故事里的人是我! 我都承认,这些时,我一直以一种待罪的心……

　　　　爱,爱,爱,你以为这字这么简单吗? 人在达到真实境前,你知道他路上要跌几多跤吗?

　　　　其实我没有生气,还只是感心你:你说了也好,你不说我更难过。

再十天就毕业了,这些时,谢师宴吃得脑袋、胃袋一起下垂!

台南好吗?

大信

贞观一算,弟弟的毕业典礼在即,她来台南,前后已两年零四个月。

世事原是不可料知的;她与母亲言约时,怎知晓台南有这样的风景、地理,怎料得会在此郡,与大信相熟起来?

不管怎样,如今都到了告别的时候;台南府就这样一直记在心上吧!她今番才了悟:好地方可也不一定要终年老月常住;是只要曾经住过,知道了伊的山川日月、风土人情,也就相知在心,不负斯土了。

贞观当下收拾好一切,她是决意离去。

不止为了自己有言在先,她真正乱心的是:她感应到大信将相寻而来……

她必须终止这样一段感情;大信是宝藏,愈深入只有愈知晓他的好。……而她却是骄傲和负气:不要了——

她也许跟他生气,也许跟自己生气;火过为灰,他已经是燃烧过的。为何他们就相识在先呢?也罢!就让两人为此,一起付出代价吧!

第二日,贞观去办公室递了辞呈,转身出来时,忽想到明日已不在此,这临去投影,于是顺着街路,逐一走着;一个下午,差些踏穿了半个台南府。

回来吃了晚饭,她才把话与大姨夫妇禀明;夫妇两个甚是骇异:"不是好好的,如何就要走了?"

贞观苦笑道:"我也不想走,可是来时已经跟妈妈说了——"

她大姨笑道:"原来为这项!没什么关系,你母亲那边由我来说——"

"可是不行啊!"

贞观急着道:"上次回去给银月伴嫁,都与阿公、阿嬷说好了;两位老人都叮我早些回去的!"

她大姨是孝顺女儿,听说如此,也就不再坚持,只说是;"既然这样,就再多住几天吧! 我……也是舍不得你!"

认真说起她大姨,贞观又要下不了决心了。

她刚来上班那个月,尚未领薪,她大姨怕她缺钱用,每晚等她睡下,悄悄过房来,随便塞些钱在她衣服袋子里。

贞观每每在隔天清晨,穿衣服摸见;起先她只是猜想,不能确定;直到有一晚,大姨进房时,她尚未入睡,人躺在大床上,她大姨隔着蚊帐,也不知她瞇眼装假,又将钱放入她的小钱包——

贞观等她转身出了房门,才倾坐起来;望着离去的大姨身影,满目满眶都是泪水——

如此一个月,直到她领着薪金……

想到这样的恩义,贞观立誓:我要让自己生命的树,长得完好、茂盛,用来回报至亲之人。

就这样,贞观又多住了几日,她在临上火车,才在台南车站投下这封信:

大信:

恭喜你大学毕业!

我已离开此地,虽说凤凰是心爱的花,台南是热爱的地,

然而,住过也就好,

以后做梦会相见。

贞观

1

贞观回乡月余,家中倒有两件非常事:一是弟弟大专联考,高中了第一志愿;一是卅年来,死生不知的大舅,有了消息。

大舅当年被日本军调往南洋作战,自此断了音讯;光复后,同去之人,或有生还的,询问起来,却又无人知道。可怜她大妗,带着两个儿子,守了他漫漫卅年。

如今天上落下的消息,一封日本国东京都寄出的航空邮便,把整个家都掀腾起来:

    男国丰跪禀

父母亲大人万福金安:

    不孝被征南洋,九死一生,幸蒙祖上余德,留此残躯以见世。流落异地初期,衣无以温,食无以饱,故立愿发誓:不得意、展志,则不还乡。虽男儿立志若此,唯遗忧于两位大人者,所耿介在心也。今所营略具规模,深思名都虽好,终为异地,尤以故国之思,三十载无一日竟,心魂驰于故里,不胜苦之。回返之前,特驰书以奉,又兄弟姊妹各如何,素云如何,不孝在此,另有妻室儿女,徒误伊青春三十年,所负咎耳。返国之行,唯男妇惶惶未敢同之,其虽为日本女子,颇知得我汉族礼义,男与之合,未奉亲命,虽乱世相挟,亦难免私娶之嫌,肃请二位大人示意,以作遵循。

不孝　国丰谨禀

信传阅了半天,又四四正正,被放回厅堂佛桌上;差不多的人,全都看过,反而是最切身相关的,静无一语,未相闻问;贞观大姈,一来识字不深,二来众人一口一声,听也听它明白了!

贞观甚至想:如果还要找第三个原因,那就是相近情怯吧?!事情来得这般突然,别说她大姈,换了谁,都会半信半疑,恍如梦中。

家中有这样大事,自然所有的人都围坐一起;贞观先听她阿嬷问外公道:"老的,你说怎样好呢?"

她外公看一下她大姈,说是:"要问就问素云伊;这些年,我只知大房有媳妇,不知大房有儿子;所有他应该做的,都是她在替他……你还问我什么?"

"……"

这下,所有的眼光,都集中到她大姈身上;贞观见伊目眶红红的,只是说不出话来。

"素云——"

"阿娘——"

婆媳这一唤一答,也都刹那止住,因为要说的话有多少啊,一下子该从哪儿起?

"——你的苦处,我都知道,总没有再委屈你的理;国丰——"

"阿娘——"

她大妗又称唤一声，至此，才迸出话来，然而，随着这声音下来的，竟是两滴清泪："我四五十岁的人，都已经娶媳妇，抱孙了，岂有那样窄心、浅想的？再说，多人多福气——"

伊说着，一面拿手巾的一角擦泪，大概一时说不下去了。贞观阿嬷于是挪身向前，牵伊的手道："你怎样想法，抑是怎样心思，都与阿娘吐气，阿娘与你做主！"

其实，贞观觉察：大妗那眼泪，是欢喜夹掺感激；大舅一去卅年，她不能想象他还——同在人世，共此岁月与光阴……

光是这一点，就够伊泪眼清清了；"阿娘，男人家——"

"你是说——"

"他怎样决定怎样好！我是太欢喜了，欢喜两位老人找着儿子——"

"……"

"——银山兄弟，可以见到爹亲……有时，欢喜也会流泪——"

"……"

大妗才停住，厅上一下静悄下来，每个人都有很多感想，一时也是不会说。

隔了一会，她阿嬷才叹气道："你就是做人明白，所以你公公和我，疼你入心，家里叔、姑、妯娌和晚辈，也都对你敬重——"

"……"

"那个日本女人回来不回来，你阿爹的意思，是由你决定。"

她大妗本来微低着头，这一听说，立时坐正身子，禀明道："堂上有两位老大人，家中大小事，自然是阿爹、阿娘做主！"

"……"

"至于媳妇本身的看法：这些年，国丰在外，起居、饮食、冷热各项，都是伊服侍的；有功也就无过了——"

"……"

"——再说，国丰离家时，银山三岁，银川才手里抱呢，我和国丰三五年，伊和他却有卅年！"

"……"

"若是为此丢了伊，国丰岂不是不义?! 我们家数代清白，无有不义之人！"

"……"

贞观到入晚来，还在想着白天时，她大妗的话；她翻在床上，久久不能就睡。

"阿嬷！大舅的事，你怎样想?"

"怎样想?"

老人家重复一遍，像是问伊自己："就跟做梦一样！"

2

这日七月初七，七夕日。

日头才偏西未久，忽的一阵风，一卷云，马上天空下起细毛雨来。

这雨是年年此时，都要下的，人们历久有了经验，心中都有数的，不下反而才要奇怪它呢！

贞观原和银蟾姊妹，在后边搓圆子，就是那种装织女眼泪的；搓着、捏着，也不知怎样，忽的心血来潮，独自一人往前厅方向走来。

她的脚只顾走动，双手犹是搓不停，待要以手指按小凹，人忽地止住不动。

在这镇上，家家户户，大门是难得关上的；贞观站立天井，两眼先望见大门口有个人，在那里欲进不进，待退不退，看来是有些失措，却又不失他的人本来生有的大模样。

贞观一步踏一步向前，心想：这两日，大舅欲回来，家中一些壮丁，三分去了二分，赴台北接飞机了，这人如果要找银川、银安，可就要扑空了⋯⋯。且问他一问。

"请问是找谁？"

这样大热天，那人两只白长袖还是放下无卷起，一派通体适意的安然自在。

"我——"

他竟是定定先看了贞观两眼，一见她不喜，且有意后退不理睬，这才笑道："贞观，吾乃大信也！"

就有这样的人，找上门来叫你个措手不及——

可是，来者是客，尤其现在这人更加了不得！弟弟考上，他是功劳簿上记一大笔的，她母亲和众人一直感念他，正不知要怎样呢；再说，人家是四妗娘家的侄儿，不看四妗也看四舅⋯⋯如此便说："啊——是你！请入内坐，我去与四妗说——"

说着，替他拿了地上的行李，直领至厅上坐下，又请出阿公、阿嬷等众人。

这一见面，有得他们说的；她自己则趁乱溜回后边继续搓圆仔。

这人说来就来，害她一些准备也没有⋯⋯

她是还有些恼他，但是奇怪啊！两人的气息仍旧相通感应，不然，怎么会好好的这里不坐，突然间跑到前头去给他开门？

刚才忙乱,她连他的面都不敢看清……这样,两人就算见面了吗?

拣个这样的大日子来相见,他是有意呢?还是无心撞着?……

搓圆子虽可以无意识,可是搓着、搓着,银蟾就叫了:"原来你手心出汗,我还以为粿团湿,阿嫂没把水沥干!"

贞观自己看看,只见新搓出来的圆子,个个含水带泪的,也只有笑道:"快些搓好了,我要回家叫阿仲!"

"欲做什么?"

"台北人客来了,是四妗的侄子,当然阿仲要来见老师!"

贞观是回到家来,才知弟弟早她一步,已经给银禧叫去了,原来自己走小路回家——她母亲正准备祭拜的事,一面与她说:"阿仲临时走得快,也未与他说详细,这孩子不知会不会请人家来吃晚饭?……还是你再去一趟?"

贞观帮着母亲安置一碗碗的油饭,一面说:"还操这个心做什么?今晚哪里轮得到我们?人家亲姑母和侄儿,四妗那里会放?四妗不说,还有阿嬷呢!怎么去跟伊抢人客?"

她二姨一旁笑她母亲道:"是啊,你还让贞观去?今晚任他是谁,去了反正就别想回来!到时看你那锅油饭,有谁来帮忙吃?"

她母亲笑道:"这是怎样讲?"

她二姨笑道:"那边来了上等人客,正热呢!反正开了桌,请一人是请,请十人也是请,干脆来一个留一个,来两人留双份,你自己阿仲都别想会回来吃,你还想拉伊的?"

果然七点过后,她大弟还不回来;这边众人只得吃了晚饭,因看到锅里剩的,不免说是:"你看!只差阿仲一人,就剩这许多,要是贞观再去,连明天都不必煮了!"

贞观笑道:"他们男生会吃,我可是比不上,阿仲如果真把人客请来,妈妈才是烦恼;这锅不知够不够人家半饱?"

说着,说着,又到了《范蠡与西施》的歌仔戏时间;她母亲和二姨,双双回她们房里去,小弟亦关了房门,自去做他的功课。

贞观一人无味,只得回转自己房里静坐。

到现在,她的心还乱着呢!本来今晚要跟银蟾做洋裁,谁知来了个不速之客,他这一撞来,她是连心连肺,整个找不着原先的位子放了。

桌上的小收音机,是阿仲自己做的实验,她才随手一转,《桃花过渡》的歌一下溜溜滑出:原来,桃花待要过江;摆渡的老人招她道:渡你也行,先得嫁我!

桃花道是:嫁你不难,咱们先来唱歌相褒,你若赢了随你,你若是输,叫我一声娘,乖乖渡我过去——贞观听得这一男一女唱道:

正月人迎尪,单身娘子守空房,

嘴吃槟榔面抹粉,手提珊瑚等待君。

二月立春分,无好狗拖推渡船,

船顶食饭船底困,水鬼拖去无神魂。

三月是清明,风流女子假正经,

阿伯宛然杨宗保,桃花可比穆桂英。

四月是春天,无好狗拖守渡边,

一日三顿无米煮,也敢对阮葛葛缠。

五月龙船须,桃花生水爱风流,

手举雨伞追人走,爱着缘投慧大呆。

六月火烧埔,无好狗拖推渡人,

衫裤穿破无人补,穿到出汗就生虫。

七月树落叶,娶着桃花满身摇,

唇边头尾人爱笑,可比锄头掘着石。

八月是白露,无好狗拖推横渡,

欲食不做叫艰苦,船坯打断面就乌。

九月红柿红,桃花生水割着人,

割着阿伯无要紧,割着少年先不堪。

十月十月惜,阿伯蟳想阮不着,

日时懒怠无人叫,暝时无某困破席。

十一月是冬至,大脚查某假小蹄,

八寸鞋面九寸底,大过阿伯的船坯。

十二月是年冬,精粞做粿敬祖公,

有尪有婿人轻松,阿伯你就扇冬风。

……

听着,听着,贞观不禁好笑起来:这女的这样泼辣、爱娇,这男的这样沾沾自喜,可是,也只能觉得二人可爱,他们又不做坏事,只是看重自己——

还未想完,先听到房门"咚咚"两声响,贞观随着问道:"谁人?"

"阿姊,是我!大信哥哥来家里坐,你不出来坐坐吗?"

……这个人,他到底要她怎样?探亲、游玩,他多的是理由住下,她不是不欢迎,她是无辞以对啊!

如果没写那些信,那么他只是家中一个客人,她可以待他礼貌而客气,如今心下那样熟知了,偏偏多出那个枝节来,这样不生不熟的场面,到底叫人怎样好？

她真要是生气，倒也好办，可以霍然了断，偏是这心情不止这些，尤其那日听了她大妗那些言语，明白了人生的无计较，她更是双脚踏双船，心头乱纷纷起来——

贞观换了一件草青色，起黄、白圆点的斜裙洋装出来，客人坐在她母亲的正对面，见了她，站了起来，才又坐下。

贞观给他倒来一杯冰水，才看到他手中早有一杯；看看在座人人都有，便自己喝了起来。众人说话，贞观只是喝水，到她换来第三杯冷饮时，她母亲忍不住说她："刚才叫你多吃一碗，你又说吃饱了，如今还喝那么多冰水？"

贞观没说话；大信却笑道："吃冰的肚子跟吃饭的肚子，不一样的！我家里那些妹妹都这样说——"

她母亲、弟弟和二姨全都笑起来；贞观自己亦在心里偷笑着。

未几，大信说要去海边看海，她母亲和二姨异口同声叫贞观姊弟做陪。

贞观应了声出来，人一径走在前面领先，怎知没多久，后面的两个亦跟上了！

三人齐齐走了一段，忽又变得弟弟在前，她和大信两人落后。

贞观惶惶害怕的，就是这样直见性命的时刻。

她将脚步放慢，眼睛只看着自己的鞋尖，谁知大信亦跟着慢了；不知为什么她的心情这样复杂，心中却还有信赖与宽慰。

然而当她见着他式样笨拙的皮鞋，却又忍不住好笑起来；今晚七夕夜，身边是最透灵的人，和一双最难看的鞋子——

大信终于发话了："咦！你有无发觉这件事？阳历和阴历的七月七

日,都跟桥有关!"

贞观笑一笑道:"是啊! 你不提起,我差些没想着!"

大信又说:"刚才我也听见《桃花过渡》,实在很好!! 奇怪! 以前怎么就忽略呢? 小学时,收音机天天唱的! 歌曲和唱词都好……你会唱吗?"

贞观心里想:会唱也不唱给你听——然而嘴上不好说,只有笑笑过去。

两人走过夜晚的街,街灯一盏盏,远望过去,极像天衣上别了排珠钗。

大信又说:"不知你怎样想,我却觉得伊和摆渡的,是真匹配!"

"伊是谁?"

"桃花啊!"

"喔!"

"像桃花这样的女子,是举凡男子,都会爱她!"

"……"

"你说呢?"

"我怎么会知道? 毕竟我是女子,女子如何得知男子的心?"

大信笑起来:"岂有不知的? 佛书不是说拈花微笑吗? 是笑一笑即可的,连话都不必一句、半句!"

贞观再不言语。

大信又道:"听了这歌,如同见她的人;桃花这个女子,原来没有古今、新旧的,她一径活在千年来的中国,像是祖母,又像妹妹——"

"——甚至混沌开天地,从有了天地开始,她就在那里唱歌骂人了!"

贞观这下再忍不住笑了起来;这一笑,是对桃花称赞,对身边的人喝彩。

大信笑道:"咦!你笑什么!"

贞观回说:"桃花有知音如你,桃花才真是千年人身;可以不堕轮回,不入劫数!"

"还有,还有!你尚未说完!"

"——我喜欢她那种绝处逢生;比较起来,他们才是真正的生活者,好像世事怎样,都不能奈何她,……甚至被丢到万丈悬崖了,他们不仅会坚韧的活下去,还要——"

"——还要高唱凯歌回来,对不对?"

"……"

他这一衔接,真个毫无隙缝;世上真有这样相似的心思吗? 贞观则是愈来愈迷惘。

三人来到码头,看了渔船和灯火,又寻着海岸线,直走过后港湾。

沿途,大信都有话说,贞观心想:这人来说话的吧! 他哪里要看海?

折转回去时,已经九点半过了;她弟弟却在路上遇个小学同窗,到那人家中去坐;剩的两个人,愈发的脚步似牛只——

到了家门口,贞观止住脚,回眸问大信道:"时间不早,就不请你进去了;你认得路回外公那里吗?"

大信笑道:"说不认得,你会送我吗?"

"这——"

贞观果然面有难色:"——真不认得,只好等阿仲回来——"

大信笑道:"你放心! 我连路上有几根电线杆都数了,赛过你们这里的台电工人!"

贞观亦笑:"我就知道你装假!"

两人相视一笑,又挥了手就声再见;当大信举步欲离去时,贞观站立原地,说了一句:"好走——祝你生日快乐!"

可以想象得知的,当大信听了后面一句话,他整个人变得又惊又喜,一下就冲到贞观的面前来。

贞观觉得:这人像条弄错方向,以致弹跳回来的橡皮圈。

"啊!你……我忍了一个晚上,才没说出来,你是怎么知道的?"

"我怎么不知道?"

贞观料知会有此问,不禁笑道:"谁不知你和汉武帝同月同日生?"

大信更是意外:"愈说愈紧张了,你快点明吧!"

"不可!此乃秘密——"

大信只好笑起来:"你不说……我心脏都快停了!"

"有这样大的牵连?!……那,好吧——"

贞观这一说,自己亦觉好笑:"九年前,我就知道了!那天亦是七夕,众人陪你看海回来,大人都睡了,独独四妗到灶下煮了一枚鸡蛋、一枚鸭蛋给你吃!"

"哦!"

大信吐了一口气:"就为了它,你就知道我过生日?"

"是啊!南部这边是这样风俗!"

"在台北却是吃猪脚面线!"

贞观解说道:"那是廿岁以后,开始算大人了,才吃的,之前,小孩只吃那二项;鸡蛋代表鸡,鸭蛋代表鸭,等于吃了一只鸡、一只鸭!"

大信啊哈笑道:"一只鸡,一只鸭;中国文化,真是深邃不尽,美国人大概永远都不能了解,也无法了解,何以一枚鸡蛋,就要算一只鸡了!"

"几何算不出,代数也算不出。"

这一说,两人不禁互笑起来:"我们民族性是:无论做的什么,总觉得他长远够你想的……啊！阿仲回来了！"

大信后来还是她弟弟送走的，二人一走，贞观回屋内淋浴、更衣，直到躺身在床，仍无睡意；她心中放有多少事啊！

想着大舅即将回来，想着大妗的人和她的情意……由大舅又想着自己父亲和二姨丈来。

死生原来有这样的大别；死即是这一世为人，再不得相见了——而生是只要活着，只要一息尚存，则不论艰难、容易，无论怎样的长夜漫漫路迢迢，总会再找着回来。

银山有父，得以重见亲颜，而母亲和二姨，永远是伤心断肠人。

从她母亲又想回到弟弟身上：阿仲即将北上注册……由台北这个城邑，不免要联想：它竟栽长、抚育出似大信这般奇特、豪情的男子……

贞观伸手关窗，心反而变得清平、明亮。

3

午后二三点，正是众人歇中觉时间。

贞观躺在自己房内，似睡似醒的，耳朵内断续传来裁缝车的踩声；是她二姨在隔壁房里，正改一件过时的洋装——

……春宵梦，日日相同；
好梦实时空，消瘦不成人……
歹梦谁人放，不离相思巷……
再想也是苦痛，再梦也是相思枞；
春宵梦，日日相同；月也照入窗，照着阮空房；……

贞观初次听时,不敢确定这是谁在唱,然而歌声反复一遍又一遍。

她终于听清楚了,真是二姨的声嗓!

人生自是有情痴!! 时光都过去二三十年了,二三十年,幼苗会长成大树,有志者,足以成非常事。

而她的二姨,还一径在她守贞的世界里,苦苦不能相忘对伊尽情义的丈夫……

> 钟情怕到相思路,
> 盼长堤草尽红心,
> 动秋吟,
> 碧落黄泉,
> 两处去寻。

贞观念起前人句子,只觉声喉也黯哑起来——此时,忽听得前屋有人说笑:贞观极力辨认,才听出是阿仲与大信。

他两人今日一早,即钓丝、渔竿的,卷了说要钓鱼去,临出门,一前一后,都来问过她。

为什么不去——她到现在连自己都还不甚明白呢;相近情更怯……这句话恐怕再不能形容完整;在七夕夜之前,她只是隐约念着,心中还自有天地,七夕以后,大信那形象,整个排山倒海,满占了她的心……

但是,她不要事情来得太快,她当然不想天天见着他的人;稍稍想着就方寸大乱,她哪堪再两相晤对?

贞观起身拉了抽斗,翻出大信从前写的每封信,正要一一看来,却听见:"阿姑! 阿姑!"

是银山五岁的女儿在拍她的门！！贞观收好信，来开房门，果然见到了小女孩！

"阿蛮子！"

她双手抱起侄女儿，一面啄她的胖脸问道："妈妈，阿嬷呢？谁带阿蛮来的？"

女孩黑水晶般的眼睛望着她，淡红的嘴唇坚定回道："阿蛮自己来的！阿蛮要找阿姑和姑婆！"

贞观见此笑道："找伊们欲做什么？"

女孩回说："找阿姑要缝'谷粒'，找姑婆是要跟伊讨米！米是要做'谷粒'的。"

这样的层次分明，见诸稚心童怀，贞观听了更是疼爱："你会'拣谷粒'了？"

"阿蛮现在不会，可是阿蛮长大就会，阿姑现在先缝好，等阿蛮长大——"

"拣谷粒"乃妇女闺中的戏耍！以各色布料五片，缝成粽子形状，里面包以重物，或沙或米，或杂粮豆类，大小约为铜钱状，其玩法不一，有先往上抛其中一粒，余四粒置于桌上，手反势立即接住上空坠下者，再以之往上抛，手拣桌上其中一粒，与抛上者合握于掌，拣出一粒置于旁，如此反复又抛，将四粒拣尽为止。再者，即拣二粒，会合抛上者，共三粒，重复两次拣完。第三遍只用三粒，多出二粒置一旁不用，先逐一拣着，放于左手心，然后左右手交换谷粒，并且快速再移转之，此时，左手的一粒，已再握于右手，而右手原有的二粒得向上抛之，且须巧妙落于右手腕之两旁，然后掌心的又上抛，再抓起分开的二粒合握之。最后一遍是往上抛者，须落于掌上背，然后拇指、食指合夹桌上所有四粒其中

97

之一,将之甩飞过手掌背,而掌上原有者,不可因而落下,落下即输。——贞观自七岁入学起,每次玩这项,都输在这个甩的动作里……

她想着又问女孩道:"家里不是有米缸? 妈妈怎样讲?"

女孩委屈道:"妈妈不肯给阿蛮,只说不可耍米……"

贞观摸她的脸道:"这就是!! 米是五谷,是种来给人和阿蛮吃的,不可以拿它戏耍——"

"……"

小女孩听得入神了;贞观继续说:"有些人缝的谷粒不好,丢来丢去,米就撒了一地,那样,天公会不欢喜——"

她尚未说完,先听得小女孩叫了声:"阿叔——"

她回过头看,原来是大信;也不知道人站在身后多久了,只好随便问声:"钓鱼翁回来了——"

大信晒得鼻头微红,说笑道:"是啊,赶回来上了一课,做旁听生!"

她放了表侄女下来,姑侄两个牵着走向前屋来,大信说道:"你不去看我们钓的鱼吗?"

贞观讶然道:"怎么不放在那边给四妗煮呢?"

"你放心! 两边都有份!"

前屋里,阿仲已将所获物悉数倒出,置在一个大锅里,贞观一看:"哇! 赤翅、沙鮻、九条仔、金线,今天什么好日子,鱼都落做一窟!"

小女孩伸手抓了一尾大的,回头问贞观:"阿姑,阿蛮要吃这尾!"

贞观笑着指大信与她道:"你得问阿叔,这鱼是阿叔钓的。"

小女孩于是回身来问大信:"阿叔,这尾给阿蛮吃,好么?"

"好啊好——"

大信笑着比说道:"叫阿姑煮给阿蛮吃——"

贞观一面收鱼,一面拉了小侄女去洗腥手;回来时,已不见阿仲,只有大信坐在厅前看报纸。

小女孩才坐下,忽又想着说:"阿姑,我们来——鸡仔子啾啾!"

她说着,一面拉贞观的手扳着;贞观只得举右手向上,以左手食指抵右手心,做出骨架撑伞的形状——"嘻嘻!"

小女孩一面笑着,一面伸出自己的小小指头,来抵她的手心,姑侄双念道:

> 一撮针,
>
> 一撮螺;
>
> 烟囱孔,
>
> 烘肉骨,
>
> 鸡仔子啾啾——

到出"啾啾"声时,所有抵手心的手指,都要快速移开,因为右手掌会像伞一样收起来,若是走避不及,被抓住,就由那人做头。

小女孩这次被贞观抓了正着,只听她咭咭声笑个不住:"轮到阿蛮来做——"

她的手掌这样小,只差不够贞观一根指头抵,两人又念:

> 粗香,细香
>
> 点点胭脂,
>
> 随人吃饭跑去避——

"避"字说完,贞观缩回手指,小女孩自己抓了自己的,又咭咭自己好笑起来。

"阿姑,再来,再来!"

大信在一旁笑道:"真是要羡慕她——你听过这个故事吗?你一定听过了!"

贞观笑道:"哪有这样说故事的,又是起头,又是结尾——"

大信笑道:"那故事是说,一岁到十岁,才是真正的人,是人的真正性情,十一岁以后,都掺了别的——"

"……"

这故事,贞观其实是听过的!

说天生万物,三界,六道,原有它本来的寿元;人则被查访,派定,只能活十年。人在阴曹、冥府,听判官这一宣判,就在案前直哭,极是伤心。后来,因为猴子,狗啊,牛的等等,看人可怜,才各捐出它们的十岁,来给人添上……这以后,十岁以上的人,再难得见着人原先的真性情……

然而贞观想:至人有造命诀;世上仍有大圣贤、大修为者,下大苦心的,还是把他们真正的十龄,作了无止境的提升与延伸。

谈话间,大信加入了她们的游戏;当他的手第三次被小女孩抓住时,贞观忽的错觉:眼前的男子,亦只是个十岁童男!

1

果然她大舅回来这日，最是见景伤情的，真是贞观母亲与二姨！

她大姨亦从台南赶来；见面恍如隔世，父子、夫妻、姊弟、兄妹、伯侄和舅甥，各都欢喜、流泪——

眼泪原来是连欢喜时，亦不放过人的；贞观看她那个新日本姈仔，穿戴大和裙钗，粉脸上也是珠泪涟涟。

从头到尾，都是她大妗在团转着；她虽是逐一拿话劝人，自己却一直红着目眶；大舅面对她，心中自有愧意；贞观见他几番欲语，到底又停住了！

比起来，还是她大妗的无芥蒂叫人敬重，众人见她亲捧洗脸水，又端上吃食、汤水，待那日本女子如客——

人间相见唯有礼——贞观如果不是从她大妗身上看到，亦无法对这句话作彻底理解。

而她的待大舅，已不止的夫妻恩义；贞观尚觉得：他们且有姊弟情亲；此时此刻，大舅即她，她即大舅；至情是可以一切不用说，因为一切都知道。

前厅是这样热泪相认的一幕，而后房里，更躲了两个藏身起来，偷洒情泪的姊妹;贞观母亲和二姨,在晤见了长兄之后,悄悄自人堆里退出,各各找了房间避人。

死生大限,此一时刻,她们亦宁可那人另置家室,另有妻儿!

纵是这般,也还是人世长久不尽,即使两相忘于江湖,也是千山同此月,千江同此水啊!

她二姨进了四妗的房去,贞观跟在房门小站一会,还是寻了阿嬷的内房,来找自己母亲。

她母亲立于床沿,背对着门,脸面埋于双手里,极声而哭……

贞观悄来到跟前,递给母亲一方手巾,竟是不能出言相慰,自己也只是流泪而已!

人生何以有情?情字苦人,累人,是到了死生仍未休!

她想起了苏武的诗句——生当复来归,死当长相思——

世人原都这样痴心哪!大舅是活着的!活着的就要找着旧路回来;父亲和二姨丈再不得生还,既是身尸成灰,也只有生生世世长记忆了。

晚饭后,她外婆特意留她母、姨下来;伊生的五男三女,今日总算团圆、相聚;她当然理会得老人家心头的欢喜。

贞观才走出外家大门,门口处即遇着大信;他真是知她心意的人,知道她会在这种情况下退出身来。

贞观看了他一眼,继续又走;人间有多少真意思,是在这样的时刻里滋生出来。

大信静静陪她走了一段路,街灯下,只见两人的影子倏长倏短的变化着。

最后还是大信先开口:“你……好些了吗?中午我看见你流泪……真不知讲怎样的话适当——”

贞观没回答,心想:中午那一幕,独有他是外人避开了……哪里知道人家还是看见!

大信又说:"你的心情,我都知道,可是……看到你哭,心里总是——怪怪的!"

贞观扬头道:"没有了啊! 我不是已经好了?"

大信笑道:"好,不说它了,其实我知道,看舅舅回来,你还是很高兴的!"

贞观亦说:"是啊! 我从出生起,一直不曾见过他,可是今天,我一踏入大厅,看到有个人坐在那里,我马上跟自己说:对啊! 这人就是大舅了! 大舅就是这个样啊! 我还是见过他的!"

大信咦了一声,问道:"那么——七夕那天我来,你在门口见着我,第一眼是不是也想:对了,这人是大信,大信就是这个样嘛!"

贞观轻笑道:"这个问题——拒绝回答!"

走着,走着,早走到了家;贞观因知道母亲,弟弟还在那边,这里家中无人,也就不便请他进去坐,正要抬头说话,谁知大信提议道:"你要休息了吗? 我们去海边看月,……如何?"

"……"

贞观没说好,也没说不好,低头看一眼自己的脚,原来——

二人一路行来,大信又说:"同为男人,大舅种种的心情,我自认都能够了解,除了伦理、亲情和故土之外,我明白还有另一种什么力量,促使他在历经多少险夷之后,仍然要找着路回来——"

"你说呢?"

"可是,一时我又说不出,说不清;而你,本身却是这力量其中的一股,你是一定知道的!"

贞观言是："我自是知道！因为这力量在我血脉里流；不止大舅和我，是上至外公、阿嬷，下至银城才出生廿天的婴儿，这一家一族，整个是一体的，是一个圆，它至坚至韧，什么也分它不开——"

"……"

"即使我死去的二姨丈和父亲，在我们的感觉里，他们仍是这圆的一周、一角，仍然同气同息！"

"……"

"像大舅，他是这圆之中，强行被剥走，拿开的一小块，尽管被移至他乡繁殖、再生；然而，若是不能再回到原先的圆里来，那么！"

贞观话未说完，大信忽替她说下去道："那么，它只是继续活命罢了！无论如何，他都不会快乐，不能快乐了……"

"……"

这种震慑，已经不是第一次，然而，贞观还是说不出话来，大信见她无言语，于是问道："怎么就不说了？"

因看他那样正经，贞观便笑起来；"还说什么？都被你说光了？"

两人于是同声笑起；大信又说："贞观，我也是这样的感觉，只是——不能像你说得这般有力，这般相切身！"

写信不说，这是他第一次叫她的名字；贞观只觉得不很自在，略停一停，也只有笑道："那是因为你不在这圆内！"

大信不服道："谁说？我也是同攸息的——也不想想，我三姑是你四妗！"

贞观说不过他，就不再说了，倒是大信因此联想起更大的事来："方才，你拿圆作比喻，真实比对了，我们民族性才是粘呢！把她比做一盘散沙的，真是可恼可恨！"

贞观说:"出此话的人,定然不了解——我们自己民族本性的光明,这样的人没有代表性!"

大信拍拍手,作喝彩状;贞观又说:"不过,或许,中国还是有那样的人,唉!不说了——"

"……"

二人同时沉默起来。

来到旧码头,只见装发电机的渔船,只只泊岸停靠;大信忽地伸手去抚船身:"我真爱这个地方,住在台北的层楼叠屋,一辈子都不能分晓——间间通声,户户相闻,是怎样意思!"

"……"

"我甚至是从三姑丈那里;不止三姑丈,是他们兄弟皆是;我自他们身上明白——《礼记·文王世子篇》内,所说'知为人子,然后可以为人父'的话!"

"……"

月亮终于出来了,海风习习吹拂;贞观只觉自己就要唱出歌来:

> 岭上春花,
>
> 红白蕊;
>
> 欢喜春天,
>
> 放心开——

她看着身边的大信,心内也只是放心啊!

他今夜又是白上衣,白底条纹长裤,还说那西裤是全台唯一。

也不知这人怎么就这般自信!他是一个又要自负,又要谦虚的人!

男儿膝下有黄金,俯拾即是!胸府藏的万宝山,极其贵重的!

大信正是这样自信满满的人,然而,另方面,他又要谦抑、虚心……

照说,这些特质是矛盾而不能互存的,却不知这人用了什么方法,使它们在他身上全变得妥帖、和谐了!

两人这般相似,好固然好,可是……

贞观忽然想:要是有那么一天,彼此伤害起来,不知会怎样厉害?

就说他这份倔强:这些日子来,他一直努力让她了解,他是看重她的,从前那女孩的事,只是他不堪的一个过去,是他从少年成长为青年的一个因素之一。

贞观知道:他不轻言遗忘,不提对方缺失,并不代表他还记挂着伊,而是他淳厚的个性使然;是如此才更接近他的本性。

说忘记伊了,那是假的,但"廖青儿"三个字,却已经变成同学录上的一个名姓!

其实连那女孩的名字,都是他告诉她的:那天——他把一本大学时代的记事簿借她,因为他在里面涂满漫画。

贞观一面翻,大信就在一旁解说;当她翻过后两页,看到上头盖了个朱砂印:"廖——青——儿,哇!这名字好听啊——"

"那是她的名字!"

"……"

语气非常平静,贞观只能对他一笑,便又继续翻看。

大信的意思是:一切已成过去,……然而他就是不说,他是想:你应该了解哇!

有时,贞观宁可他说了,自己好听了放心;其实,也不是什么不放心,她并非真要计较去。

与其说负气,还不如说心疼他;惜君子之受折磨——她是在识得大信之后,从此连自己的一颗心也不会放了;是横放也不好,直放也不好。

这样,她就要想起阿嬷的话来;老人家这样说过:宁可选择被负的,不要看重负了人的;这个世间的情债、钱债,是所有的欠债,总有一天,都要相还的;这世未了有下世,这代未了有下代——

如此转思,她终于明白:大信原来完整无缺!他的人,可是整个好的!

"你在想什么?"

贞观不能回答,只是鬼灵精一笑。

大信又问:"你知道我想什么吗?"

贞观摇摇头;大信于是笑起:"你听过'一念万年'吗?"

"不是佛经上的?"

"正是! 正是——"

大信深深吸进一口气,方才念道:"刹那一念之心,摄万年之岁月无余——"

"……"

"——明儒还有'一念万年,主宰明定,无起作,无迁改,正是本心自然之用'的句子。"

——两人说说,走走,不觉又弯到后港岸来;贞观这一路抬头看月,心里只差要唱出歌来:

……月色当光照你我。

世间心识:

真快活;

定定——

天清清，

路阔阔。

——

2

七月十五，中元节。

黄昏时，家家、户户都做普渡，冥纸烧化以后的氤氲之气，融入了海港小镇原有的空气里，是一股闻过之后，再不能忘记的味道！

贞观无论走到哪里，都感觉到这股冥间、阳世共通的气息——

这日，她母亲特地多做几样菜色，除了祭供之外，主要想请大信来家吃饭！

菜还在神桌上供祖先呢，她母亲即叫贞观去请人客——

贞观一到外公家，先找着她四妗，说出来意，她四妗笑道："你们要请他啊！那很好！菜一定很丰盛吧？"

"还不错！"

"四妗也去，怎样？"

"好哇！"

贞观拖了伊的臂膀，笑说道："连四舅也去才好，我去与阿嬷说——"

"莫！莫！"

她四妗笑起来："四妗跟你说笑的——看把我有袖子拉得没袖子——"

贞观放手笑道："我可是真的！到底怎样呢？"

她四妗道:"等下回好了,今儿我那里有闲,你还是先去找大信,他在伸手仔!"

"伸手仔"的门,通常是开着不关,贞观来到房门前,先在外头站住,然后扬声道:"谁人在里面?"

口尚未合,大信的人,已经立到她面前来;他扬着双眉,大嘴巴笑吟吟的,像一个在跟自己姊妹捉迷藏的八岁男生:"啊哈!小姐居然来了!我以为你不敢来!"

"我为什么不敢来?"

"从我到的那天起,这里每间房,你都走过,就只这伸手仔没踏进一步来,像是立愿,发誓过!"

贞观笑道:"你莫胡说!我如今母命在身,来请军师的!"

"军师有那么好请吗?"

"还要排什么大礼啊?"

"至少得入内坐一下啊!"

"可是——"

大信看她犹豫,也不难她!

"那——总得把我手上这项收了吧?"

贞观看他手中拿的一方橡皮,一只小雕刻刀!

"这是做什么?"

"刻印!"

贞观讶然道:"刻的什么,能不能看?"

大信笑道:"你要看,总得入内去吧?还是真要我把道具全部搬出屋外来?"

他这一说,贞观只得笑着跟他进伸手仔。

桌上乱得很,什么用具都有;大信返身取了印色,复以图印沾上,又找出纸张铺好。

贞观亦不敢闲坐,伸手将那纸头帮他挪正,谁知这一出手,两人的手小碰了一下,贞观连忙又缩回来。

大信终于将字印盖出来,贞观这一看,差些要失声叫出:那白纸上方一抹朱红印记,正中浑然天成的是"贞观女史"四个隶书字体——

"啊!这么好……可是,怎么你就会了呢?"

大信笑道:"我也不知道,好像是一夜之间,突然变会的……你要不要拜师傅?"

贞观笑道:"你先说是怎么会的?"

"说起来没什么,是初三那年,我丢了我父亲一颗印章,为了刻一个还父亲,就这样把自己逼会了!"

"……"

啊!世上原来是因为有大信这样的人,所以才叫其他的人,甘心情愿去做什么——

大信又说:"你也知道,橡皮是轻浮的,新做出来的东西更觉得它肤浅,但是,你再看看,为何这印记看起来这般浑然,厚实,具有金石之势?"

贞观道:"我不知,你快说!!"

大信笑起来:"这其中自有诀窍,印章刻好之后,须在泥地上磨过,这也是我摸索得来的!"

贞观都听得呆住了,却见大信将那印记放到她面前,问道:"咦!你不收起来吗?"

"这——"

"本来刻好后就要送给你。"

贞观听说,将它双手捧起,当她抬眼再看大信时,整个心跟着凄楚起来。

她是明白,从此以后,自己再无退路。

大信一面穿鞋,一面说:"说到刻印,就会想起个笑话来,我到现在自己想着都爱笑。"

"……"

"我大二那年,班上同学传知我会刻印,一个个全找上来了,不止这样,以后甚至是女朋友的,男朋友的,全都拿了来!"

"生意这样好!"

"没办法,我只得自掏腰包,替他们买材料,那时,学校左门口,正好有间'博士'书局,我差不多每隔三两天,就要去买橡皮,久了以后——"

"负了一身债!"

"才不是! 久了以后,'博士'的小姐,还以为我对她不怀好意——哈——"

大信说着,自己抚掌笑起。

贞观跟着笑道:"这以后,你再去,人家一定不卖你了!"

"又没猜对!! 这以后,是我不敢再去了,从此,还得辛苦过马路,到别家买!"

二人说笑过去,即到前头来禀明详情,这才往贞观家走来。

一出大街,贞观又闻着那股浓烈气味,大信却被眼前的一幅情景吸引住:一个小脚阿婆,正在门前烧纸钱,纸钱即将化过的一瞬间,伊手上拿起一小杯水酒,沿着冥纸焚化的金鼎外围,圆圆洒下……

大信见伊嘴上念念有词,便问:"你知道伊念什么?"

"怎么不知道——"

贞观睐眼笑道:"我母亲和外婆,也是这样念的——沿着圆,才会大赚钱!"

大信赞叹道:"连一个极小的动作,都能有这样无尽意思;沿得圆,大赚钱——赚钱原本只是个平常不过的心愿——"

"可是有她这一说,就被说活了!"

"甚至是——不能再好,她像说说即过,却又极认真,普天之下,大概只有我们才能有这种恰到好处!"

"……"

"怎么了?"

"精辟之至!"

"我是说——你怎么不讲了?"

"无从插嘴;已经不能再加减了嘛!"

大信听说,笑起来道:"在台北,我一直没有意会自己文化在这个层面上的美,说来,是要感谢你的!"

贞观笑道:"也无你说的这么重! 我倒是想,照这样领略下去——"

"——总有一天——"

"总有一天会变成民俗专家!"

大信朗笑道:"我们的民情、习俗,本来就是深缘、耐看的——"

"……"

"是愈了解,愈知得她的美——"

说着,说着,早到了贞观的家;她二姨在门前探头,母亲则在饭厅摆碗筷,见了大信笑道:"你果然来了;我还以为你不好请呢? 阿贞观都过去那么久!"

大信看了她一眼,温良笑道:"哪里会? 我从中午起,就开始准备了!"

她母亲笑问道:"为什么?"

"今儿吃什饭时,我不小心,落下一只箸,阿嬷就与我说——晚上会有人要请我……果然,贞观就来了——"

听他这一说,大家都笑起来。

吃饭时,因为阿仲上成功岭不在家,她母亲几乎把所有的好菜,全挟到大信碗内,贞观看他又是恭谨,又是局促,倒在心里暗笑。

饭后,还是贞观带人客;二人东走,西走,又走到海边来;大信问她道:"你知道今天什么日子?"

"什么日子——"

贞观笑起来:"——不会是你的生日吧?"

大信扮鬼脸道:"今天是鬼节——鬼节,多有诗意的日子,试想:角落四周,都有泪眼鬼相对,那些久未晤面的鬼朋友,也好借此相聚,聊天——"

"——"

还未说完,贞观已经掩了双耳,小步跑开,大信这一看,慌了手脚,连忙追上问道:"你会害怕?"

贞观哼道:"这几日看《聊斋》,感觉四周已经够——试唤即来了,你还要吓我?"

大信听说,故意拉嗓子咳嗽,又壮声道:"没影迹的事,收回!收回!"

说到这,因看见面前正有只船,停得特别靠岸来,便轻身一跃,跳到船甲板上去。

贞观本来也要跟着跨的,谁知低头见了底下黑茫茫一片水光,那脚竟是畏缩不动了。

"哈！胆小如鼠！"

大信一面笑，一面说她，却又伸长手，抓她下来。

月色照在水心，天和地都变得清明、辽阔；大信坐在船尾唱歌，歌唱一遍又一遍，贞观只是半句未听入；她一直在回想，刚才那一下，大信到底抓她的肩膀呢，还是拉她的衣袖……

还兀自猜疑着，只听那人又发问道："想象中，我原以为你是坐这船长大的，今日才知是个无胆量的！"

贞观笑道："你且慢说我，我坐这船时，你还不知在哪里呢！镇上每年中秋，这些渔船都会满载人，五六十只齐开过对岸白沙那边赏月，我从三五岁起即跟着阿妗、舅舅们来，到现在犹得年年如此，你还说呢？"

大信叫道："啊！你们这样会过日子！赏月赏得天上、底下都是月，真不辜负那景致！可惜——"

"怎样了？"

"其实你不应该说给我听，我入伍在即，今年中秋，竟不能看这么好的月亮——"

贞观听说，笑他道："风景到处是，在南在北，还不一样那月？"

大信亦笑："我知道是那月，可是我想听你的数据；是听了比较心安理得——"

"什么心安理得——"

贞观更是笑了："干脆说理直气壮！"

两人这一对笑，虽隔得三二尺远，只觉一切都心领神会了。

大信又说："赶快说吧！你是一定有什么根据的！"

贞观想了一想，遂道："是有这么一首偈语，我念你听：千山同一月，万户尽皆春；千江有水千江月，万里无云万里天。"

大信喝采道："这等好境界，好文字，你是哪里看来的？"

贞观故意相难，于是要与他说，不与他说的，只道是："是佛书！"

"哪一本？"

"《四世因果录》！"

大信急得近前走了两步："怎么我就不知有这本书了？……可不可以借人？"

贞观歉首道："失礼！此书列在不借之内！"

"啊！这怎么办呢——"

大信失魂道："要看的书不在身边，浑身都不安的！"

贞观看他那样，信以为真，这才笑起来："骗你的啦！要看你就拿去；佛书取之十方，用之十方，岂有个人独占的？"

大信亦笑道："我也是骗你的！我就知道你会借……可是等到回去，还是太慢，不若你现在说了来听？！"

这人这样巧妙说过自己！……贞观想着，于是说道："印度阿育王，治斋请天下僧道，众人皆已来过，唯独平埠炉尊者，延至日落黄昏之时。王乃问道：如何你来得这样迟？平埠炉回答：我赴了天下人的筵席。阿育王叫奇道：一人如何赴得天下筵席？尊者说：这你就不知了！遂作偈如是——"

……

有那么一下子，二人俱无声息；当贞观再回头时，才知大信正看着她；他的眼睛清亮、传神，在黑暗中，有若晨星照耀。

"你知道我的感觉吗？"

"怎样的感觉？"

贞观说这话时,已放眼凝看远处的江枫渔火;故乡的海水,故乡的夜色,而眼前的大信,正是古记事中的君子,他是一个又拙朴、又干练、又聪明、又浑厚的人……

大信重将偈语念过,这才说道:"千江有水千江月,此句既出佛经,偈语,是出家人说的,我却还觉得:它亦是世间至情至痴者的话;你说呢?"

贞观没回答,心里其实明白,他又要说的什么。

"要不要举例?"

贞观笑道:"你要说就说啊! 我是最佳听众!"

大信正色道:"你不觉得,它与李商隐的'深知身在情长在'相同?"

有若火炬照心,贞观不仅心地光明,且还要呵呵长叹起。

大信于她,该是同年同月同日生的指腹之誓:同性为姊妹,为兄弟,异性则是男女,夫妻——

"你无同感吗?"

"我是在想——算你是呢? 还是算不是?"

大信忍不住笑起:"我知道! 你是说:前者格局大,甚至天与地,都包罗在内;而后者单指一'情'字,毕竟场面小……对不对?"

贞观笑道:"自古至今,情字都是大事,岂有小看它的? 不是说——情之一字,维系乾坤——算了,就算你是吧!"

——回来时,二人抄着小路走,经过后寮里的庙前,只见两边空地上,正搭着戏棚演对台戏。

大信问道:"这庙内供的谁啊?"

贞观笑指着门前对联,说是:"你念念就知!"

两人同举首来望,只见那联书着:

太乙贤徒,兴师法而灭纣

子牙良将,遵帅令以扶周

"知道是谁了?"

"嗯——"

大信先将手晃摇一下,做出拿混天绫的样子,才又说:"是哪吒?"

贞观笑着点头,又在人堆里小望一下,这才说:"阿公和舅舅,可能也来呢!你要看看吗?还是想回去?"

"好啊!"

看他兴致致的,贞观自己亦跟着站定来看:东边戏棚上,正做到姜子牙说黄天化;只见子牙作道家打扮,指着黄天化说是:

——你昨日下山,今番易服!

我身居相位,不敢稍忘昆仑之德——

另外,西边戏棚则做的情爱故事;台上站有一生一旦,小旦不知唱了一句什么,大概定情之后,有什么担忧,那生便念:

免惊枭雄相耽误,我是男子无胡涂!

那旦往下又唱:

——热爱情丝——

名声、地位、

阮不爱执！

生便问伊：爱执什么？
旦唱：

爱执——英雄——你一身。

贞观人在大信身边，站着，看着，心亦跟着曲调飘忽，她这是第一次，当着这么众人之前看他；在挨挨、挤挤的人群堆里，唯有眼前这人于自己亲近——

她看着他专注的神态，思想方才小旦的唱词，忽对天地、造化，起了澈骨澈心的感激！

1

银城儿子做满月的这日。

大清早,贞观才要淘米煮饭,即见着她二姑进来:"二姑,您这样早?"

她二姑笑道:"你还煮呢?! 众人正等你们过去——"一面说,一面就拿了她的洗米锅子过一边去。

"咦! 油饭不是中午才有吗?"

"你不去,怎么会有油饭?"

她二姑更是笑起来:"哦! 你还想时到日到,才去吃现成的啊? 那怎么可以? 二姑正等你过去帮忙焖油饭呢!"

贞观说:"帮忙是应该! 可是我会做什么呢? 家里有那么多大厨师,灶下连我站的地方都没有,我只好去吃油饭算了!"

"你还当真啊! 赶快去换衣服——"

她二姑一面推她出厨房,一面往她母亲房里走:"你阿舅昨晚弄来什么好吃的,吩咐今早煮了给大家吃;再慢就冷了!"

话未完,她母亲和二姨已先后推门出来,姊妹双双笑道:"岂止冷了,再慢可能就要刮锅底!"

贞观从进房更衣,到走到外公家门前,前后不过十分钟,谁知她一入饭厅,里面已经坐满了人。

男桌上最显目的,除了她大舅外,当然是大信,大舅是因为贞观自小难得见着的关系,大信则为了他盘踞贞观心上。

当她坐定,同时抬起头时,正遇着大信投射过来的注视,贞观不禁心底暗笑,这人眼里有话呢!不信等着看,不出多久,他准有什么问题来难人——

饭后,贞观帮着表嫂们洗碗,又拣了好大一盆香菜,延挨半日,看看厨下再无她可替手的了,这才想到离开,却听她三妗叫住她,同时递上只菜刀,说道:"阿嬷吩咐的,中午的汤要清淡一些才好,不然大热天,油饭又是油渍渍;想要多吃一碗也不能,你就去后园子割菜瓜吧!这里有袋子!"

贞观接过用具,一面笑道:"这么大的袋子,到底要多少才够?"

"你管它——"

她三妗回身又去翻炒油饭,豆大的汗珠,自她的额上、鼻尖滴下:"反正大的就割,有多少,煮多少,你大舅说他——足足卅年没吃过菜瓜,连味都未曾闻过!"

贞观拿了刀和袋子,才出厨房不远,就见着大信的人。

"你好像很忙;我问个问题,怎样?"

"好啊,乐意回答!"

大信看一眼她手上的对象,问道:"我来的第二天清晨,就听见外边街上,有一腔销魂锁骨的箫声一路过去,以后差不多每早都要听着,到底那是什么?"

贞观听问,故意避开重点,笑着回说:"哦,原来你起得这般早!"

大信也被她引笑了"每次都想到问你,每次见面,却又是说天说地过去；今晨我醒得奇早，准备跑出来一探究竟——"

这心路是贞观曾经有过的，因此她再不能作局外观了："结果呢？"

"我追出大街时，他已隐没在深巷里，而那箫音还是清扬如许，那时，真有何处相找寻的怅惘——"

"……"

"你还是不说吗？"

"是阉猪的！"

大概答案太出乎他的意料，以致大信有些存疑。

"我知道你不会骗我，可是——"

"可是什么？"

大信见她两眼一转，倒是好笑起来："我不是怀疑，我在想：怎么就这样好听呢！"

贞观笑道："我第一次听这声音，忘记几岁了，反正是小时候，听大人说是阉猪的，心里怎样都不能接受——"

话未完，大信已经朗声笑起；贞观看他笑不可抑的样子，想想实在也好笑，到底撑不住自己笑了起来；大信又问："你知道我为什么要念化学？"

贞观转一下眼珠，试猜道："因为——因为——"

大信笑道；"我高中三年，化学都只拿的六十分，临上大学时，发愤非把它弄个清楚不可——就是这样清纯的理由，啊哈！"

他说完，特别转头看了贞观一下，两人又是心识着心地笑起来。

到了后菜园，只见篱笆内外有三二小儿在那里嬉笑、追逐；贞观略看了一会，便找着菜瓜棚，开始切割藤蔓；藤丝转绕，牵牵挂挂的瓜果和茎叶；贞观选着肥大的，正待动手，却听大信在身后叫她："你知道我现在怎样想?"

贞观连头也没回,只应一句:"想到陶渊明了!"

"不对!"

"不会想到司马光和文彦博吧?这两人都做到宰相的!"

大信哈哈笑道:"宰相也有他童稚的幼年啊! 就算你答对一半;我在想你小时候什么样子。"

贞观哼他一声,继续割瓜;背后大信又说:"其实你还是对的,我也想到了陶渊明:田园将芜胡不归?"

贞观听说,一时停了手中的事,热切回顾道:"他那些诗,你喜欢哪句?"

"'衣沾不足惜,但使愿无违'——你呢?"

"应该也是吧!?"

两人正说得热闹,大信忽叫了起来:"快呀! 你快过来看!"

贞观心想:这人有这样的忘情,大概是什么人生难得见着的——她于是放下利刀,兴趣十足地走近大信身旁,这一看:原来是朵才从花正要结为果实,过程之中的小丝瓜;它的上半身已变做小黄瓜那般大小了,下半身却还留着未褪退的黄瓜瓣!

黄花开处结丝瓜,偏偏这个台北人没见过;贞观忍不住笑他。

"咦,你笑什么?"

她连忙掩口:"我笑我自己知道的!"

大信叹道:"瓜面花身——生命真是奇妙啊!"

贞观其实是想到"身在情长在"的话;原来身在情在,身不在情还是在……花虽不见,这幼嫩小瓜,即是它来人世一趟的情——

大信笑说道:"你想什么我知道!"

贞观且不言,返身回原处,拾起刀把,将刀背敲二下,这才道是:"你知道么?! 那更好,我就不用说了!"

　　回来时,大信帮她提着袋子,直到离厨房卅步远,才停住道:"好了,我回伸手仔。"

　　贞观谢了一声,接过丝瓜袋,直提入灶下来;偶一回头,看到那人竟是寸步未移;她于是调皮地挤了挤眼睛,才跨步进去。

　　厨房这边,油饭正好离灶起锅,贞观交了差,找着一张小椅子坐下,身未坐定呢,她三妗早装了小小一锅油饭,捧到她面前。

　　"你四妗的侄子呢?"

　　"好像是在伸手仔!"

　　"阿妗手油,你把它端给人客吃!"

　　贞观接过小锅,却问道:"不是得送给厝边、四邻吗?"

　　"唉,顾前难顾后啊! 上班的还未回到家,前厅又有人客;是你阿嫂娘家的人送礼来,没办法,你还是先去伸手仔吧!"

　　贞观站起来,一面找碗筷,一面说:"等我回来再去送好了!"

　　她出了厨房,弯弯、折折,才到伸手仔门前,大信已经蹦跳跳出来。

　　"咦! 你鼻子这样灵?"

　　"鼻子也灵,油饭也香!"

　　贞观这次是谨诺有礼的,将它直端进房内桌上,又安好碗、筷,随即反身向外走,嘴上说道:"请慢吃,我走了!"

　　"小等! 小等!"

　　大信连声叫住她:"不行啊! 这么多,我又不是食客,怎样,你要不要帮我吃一半?"

　　贞观笑道:"歉难从命;我还得左右邻居,一一分送!"

“我也去——如何？”

大信说这话时，纯粹为了好玩，等看到贞观面部的表情，这才恍然大悟起来：这些时，她能够海边、大街，四处陪他走着的，原来只为的他是客；此间淳朴的民风，唯独人客至高无上！然而今天，他若帮上手，则无疑易了客位，等于贞观向父老、众人明过路来：这人是我私友——她和他也许会有这样的一天，但绝对不在这个时候。……

两人心里同时都明白到这点，所以当贞观尚开不得口时，大信马上又说：“你去送好了，我站在这边大门口，一样看得见的。”

贞观那心里，有些疼惜，又有些感动，她微低着头，胡乱点一下，即跨步走出，再也不敢多看大信一眼；她相信在那个时候，只要这么一瞥，她的情意即会像飞湍、瀑布，一泻至底。

厨房里，一盘盘的油饭早分好等着她送，贞观一一接过，按着屋前、厝后，逐户送来。

大信见她每次端着盘子回来，上头竟都盛有半盘面的白米，感觉奇怪：“你这是哪里来的！”

“是——你不先猜猜看吗？”

“嗯，难道——真是人家回送的？”

贞观笑道：“极对！！这正是他们的回礼；中国人是有来有往，绝对没有空盘子，由你端回来的，就说这一盘，我拿去时，前屋只有小孩子在，他们不知有此旧俗，只会收了油饭，道谢，我亦转身出来，谁知小孩的母亲在后院晾衣衫，大概听见他们去报，居然赶量了一合米，追出大门口来倒给我——”

话才说完，只见大信合掌道：“小小的行事，照样看出来我们是有礼、知礼的民族！礼无分巨细、大小，是民间、市井，识字、不识都知晓怎样叫做礼!"

贞观动心道:"你这一说,我更是要想起:小时候和银蟾两人沿着大街去送油饭的情形。"

"有没有送错的?"

"才没有!"

"那——"他尚未说完全,眼底和嘴角已尽是笑意;贞观见此,知道这人又要说笑话了;果然往下即听他说:"如果接油饭的也是小孩,不知礼俗,你们有无催人家:快去量些白米来倒上——"

话未完,贞观已找来了橡皮筋,弹打了他手臂一下,一面又说:"我在想:这礼俗是怎样起的,又如何能沿袭到今天,可见它符合了人情!邻居本在六亲之外,然而前辈、先人,他们世居街巷,对闾里中人,自有另一种情亲,于是在家有喜庆时候,忍不住就要分享与人;而受者在替人欢喜之余,所回送的一点米粮,除了中国人的'礼尚往来'之外,更兼有添加盛事与祝贺之忱!"

"你再说——我英国不去了!"

两人原在厅上一对一答,大信却突然冒出这么一句话来。

贞观知道:他老早申请到了伦敦大学的奖学金,是等两年的预官服毕,即要动身前往——

静默的时刻,两人更是不自在起来;贞观想了一想,还是强笑道:"这也不怎样啊!反正知道了自己的好,也要知得别人的——还是可以出去看看,只要不忘怀,做中国人的特异是什么,则三山、五海,何处不能去?"

她嘴里虽这么说着,然而真正哽在她心中的,却也是这一桩:两年之后,他将去国离家,往后的路还长,谁也无法预料;难料的让它难料,大信的人她还是信得过,然而世事常在信得过之外,另有情委……她大舅不就是个例子?!

就为的这一项,所以至今,她迟迟未和大信明显地好起来;她是不要誓言,不要盟约的,她要的只是心契;如果她好,则不论多久,大信只要想着她的人,再隔多远的路,他都会赶回来——回来的才是她的,她的她才要;可是有时贞观又会想:也许男子并不是这么想法,这些或许只是年轻女子的矫情与负气;而女心与男心,毕竟不尽相同……

管它呢!贞观其实最了解她自己:她并不是个真会愁事情的人,再大的事,她常常是前两天心堵、发闷,可是到了第三天,就会将它抛上九霄云外——

大信一时也说不出什么适当话,只道:"不管这些了!反正还有两年……"

"……"

"——到时我做个答案,看风将答案吹向哪边!"

"好啊——随缘且喜!"

"所以你要到伸手仔,帮我吃油饭;还有一大锅呢!"

贞观走了两步,又停住道:"咦!午饭时间都到了,哪有自己躲到一边吃的理?"

"那——怎么办?"

看他的神情,贞观又是爱笑:"我把它端回厨房焙一下,你要缴公库,或者纳为私菜都行!"

"也好!"

回到伸手仔,贞观才端了锅子要走,大信却说:"急什么,坐一下再去!"

说着，一面拿椅子，一面转身去倒茶；贞观不免笑他："你别忙了；我快分不清谁人是客？"

　　话才说完，大信已将茶水倒来，置于桌前；二人对坐无语，一时也不知说什么好。

　　桌上有个方型小钟，乳白的外壳，上下有金色铜柱；她四妗也不知从哪里翻出来给大信用的；贞观伸手把玩，谁知没两下，就把它背面一个转子弄掉到地上——转子直滚至大信那一边，贞观才站起，大信却已经弯身捡了回来；他一面扭钟的螺丝，一面问她："你看过元好问的《摸鱼儿》吧？"

　　贞观坐回位子，略停才说："他的名字好像很啰嗦，可是词的名字又是活跳，新鲜——"

　　"你知道他怎样写下《摸鱼儿》的？"

　　贞观摇摇头；大信乃笑道："元好问赴试并州，路上碰着一个捕雁的人，捕雁的人说他才捕了一只雄雁，杀了之后，怎知脱网飞走的雌雁，一直绕在附近悲鸣，只是不离开，最后竟然自投到地上而死……元于是向捕雁的人买下它们，合葬于汾水之上——"

　　话才完，贞观已大呼冤枉道："人家书上只说有两雁，并无加注雌雄之别，怎么你比捕雁的还清楚！"

　　大信大笑道："谁叫你装不知；我不这么说，你会招吗？"

　　贞观为之语塞；大信于是自书页里找出一方折纸，一面说："我把它的前半首写下，你就拿回家再看吧！可不行在路上偷拆！"

　　贞观笑道："这是谁规定？我偏要现在看！"

　　大信抚掌大笑："正合吾心！可是，你真会在这里看吗？"

　　"……"

贞观不言语,抢过他手中的纸,一溜烟飞出伸手仔;她一直到躲进外婆内房,见四下无人,这才闩了门,拆开那纸。

摸鱼儿　半阕

问世间、情是何物?

直教生死相许?

天南地北双飞客,

老翅几回寒暑。

欢乐趣,离别苦,

就中更有痴儿女。

君应有语,

渺万里层云,

千山暮雪,

只影向谁去?

2

晚饭后。

贞观跟着阿嬷回内房,老人方才坐定,贞观即悄声问道:"阿嬷,以前的事情,你都还记得么?"

"是啊——"

"那你记得我小时候,生做怎样?"

"我想想——"

老人一面接过银山嫂递给的湿面巾擦脸,一面说:"你的脸极圆——目睛金闪闪——"

"不是啦……"

贞观附在她耳边道:"我是说:好看抑是歹看?"

老人呵呵笑道:"戆孙你——爹娘生成、生就的,岂有歹看的? 每个儿女都是花!"

"阿嬷——"

贞观伸手给伊拔头钗,一面撒娇道:"你就说来听,好么?"

"好! 好! 我讲——"

老人睇睇笑道:"你倒不是真漂亮,可是,就是得人缘!"

"? ……"

"以前的人说:会生的生缘。所以聪明女子是生缘不生貌。"

"为什么这样讲呢?"

"阿姑——"

银山嫂一旁替老人应道:"上辈的人常说:生缘免生水,生水无缘上曲亏——你没听过吗?"

"……"

她表嫂说完,已捧了盆水去换;贞观坐在床沿,犹自想着刚才的话意。

古人怎么这般智能? 这话如何又这般耐寻;原来哪——生成绝色,若是未得投缘,那真是世间最委屈的了。……

真是想不完的意思;前人的言语无心,他们并未先想着要把这句话留下来,但是为什么它就流传到今天呢? 是因为代代复代代,都掺有对它的印证!

"贞观——"

她阿嬷理好头鬃,一面又说:"时间若到,你记得开收音机!"

"咦——"贞观想起道,"阿嬷你又忘记?!《七世夫妻》才刚唱完!"

"没忘记! 没忘记!! 是新换的《郑元和与李亚仙》!"

她阿嬷已是七十的年纪,可是伊说这话时,那眉眼横飞的兴奋莫名,就像个要赶到庙口看戏的十三岁小女子。

"你还要听歌仔戏? 人家大舅都给你买彩色电视了。"

"他就是有钱无地用! 买那项做什么? 我也不爱看,横直是鸭子听雷!"

说到大舅,贞观倒是想起一事未了,她拉拉外婆的白云对襟衫,又看看无人到来,这才贴近老人耳旁,小声言道:"阿嬷,你劝大妗跟大舅去台北啊! 夫妻总是夫妻,以前是不得已,现在又一人分一地,算什么呢? 人家琉璃子阿妗——"

她阿嬷道:"你以为我没劝伊啊? 阿嬷连嘴舌都讲破了,我说:国丰在台北有一堆事业,你们母子、婆媳就跟着去适当,省得他两边跑,琉璃子也是肚肠驶得牛车,极好做堆的人,凡事都有个商量呀!"

"大妗怎么说?"

"伊说千说万,不去就是不去,我也是说不得伊回转!"

"——"

贞观不再言语;她是认真要想着她大妗时,就会觉得一切都难说起来。

她外婆小想又道:"没关系,反正我来慢慢说伊,倒是你和银蟾——"

话未完,银蟾已经洗了身进来,她凑近前来,拉了老人的手,摇晃问道:"阿嬷,你说我怎样了?"

"说你是大房的婶婆——什么都要管!"

银蟾听贞观如此说她，倒是笑道："你是指刚才的事啊？"

贞观笑道："不然还有哪件？"

刚才是银城回房时，摸了儿子的尿布是湿的，就说了他妻子两句，谁知银城嫂是不久前才换的尿布——伊半句未辩驳，忙着又去换，倒是银蟾知得详细，就找着银城，说了他一顿——

银蟾笑道："不说怎么行？不说我晚上做梦也会找着银城去说的！"

她一面说，一面蹲了身子去点蚊香，又想起叫贞观道："几百天没见到你了，晚上在这边睡好了，我去跟三姑说！"

"你怎样说？"

银蟾瞪起大眼睛道："当然说阿嬷留你！"

大信是明日一早即走的，贞观本来就有意今晚留此，可以和他多说两句话——

银蟾一走，她外婆又说："阿贞观，你和银蟾今年都廿二三了，现在的人嫁娶晚，照阿嬷看，不如趁现在几年，到外面看看世界，我跟你大舅说过了，叫他在台北的公司，给你们姊妹留两个缺——"

贞观停了一下，才问："银桂不去吗？"

"伊是一到年底，对方就要来娶人了，银蝉人还小，等她知要紧一些，再去未慢！"

台北在贞观来说，是个神秘异乡；它是大信自小至大，成长的所在；台北应是好地方，因为它成就了似大信这般弘宏大度的人——何况，小镇再住下去，媒人迟早要上门来，银月、银桂，即是一例。

"阿嬷，大舅有无说什么时候要去？"

"你看呢？"

贞观想了一想："等过了中秋吧！"

祖孙正说着，忽听门口有人叫道："阿嬷有在吗？"

贞观闻声，探头来看，果然是大信！

"阿嬷在啊！请进来！"

她外婆也说："是大信啊！快入内坐！"

大信一直走到床前才止，贞观人早已下来，一面给他搬椅子。

大信坐下说道："阿嬷，我是来与您相辞的，我明日就得走了！"

她外婆笑眯眯道："这么快啊？不行多住几日吗？等过了中秋也好啊！"

老人家是诚意留客，大信反而被难住了，贞观见他看着自己，只得替他说道："阿嬷，他是和阿仲一样，得照着规定的时间去报到；慢了就不行！"

"哦！这样啊——"

老人听明白之后，又说："那——你什么时候再来呢？"

大信看了她一眼，说道："若有放假，就来！"

"这样才好——"

她外婆说着，凑近大信的脸看了一下："咦！你说话有鼻音，鼻孔塞住了？"

"没关系，很快就会好！"

"这怎么行？一定你睡时不关窗，伸手仔的风大，这个瑞孜也不会去看看——"

老人说到这里，叫了贞观道："你去灶下给大信哥煮一碗面线煮番椒，煮得辣辣的，吃了就会好！"

贞观领令应声，临走不免看了他一眼，心想：这样一个古老偏方，也不知这个化学家信呢不信？

这下她看了正着；原来大信生有一对牛眼睛，极其温柔、敦厚——

贞观看输人家,很快就走出内房,来到厨间;灶下的一瓢、一锅、一刀、一铲,她此时看来,才明白阿妗、表嫂,甚至多少旧时的女人,她们可以每餐,每顿,一月,十年,终而一生地为一人一家,煮就三餐饭食,心中原来是怎样思想!

辣椒五颗太多,三颗嫌少,添添减减,等端回到房门口,才想起也没先尝一尝——贞观在忙中喝了一口,哇!天!这么辣!

一进门,大信便上前来接捧,因为是长辈叫吃的,也就没有其他的客套说词;贞观立一旁,看他三两下,把个大碗吃了个罄空一尽,竟连半点辣椒子皮都不剩存。

"哇!这么好吃!"

他这一说,贞观和她外婆都笑了起来;这样三个人又多说了一会儿话,才由贞观送他出房门。一出房门,二人立时站住了,大信先问:"我明天坐六点的车,你几点起来?"

贞观笑道:"我要睡到七点半——"

大信想想才说:"好吧!由你——"

"……"

"其实——"

大信想想,大概词未尽意,于是又说:"我也怕你送我——"

"……"

他说这话时,贞观咬着唇,开始觉得心酸;停了一会,这人又说:"你哪时上台北?"

"还不一定呢——"

"希望你会喜欢台北——"

"——嗯!"

"那——我走了!"

"……好——"

"再——见——"

"……好——再——见!"

他说话时,脚一直没移动,贞观只得抬头来看他,这下,二人的眼睛遇了个正着:"好吧! 你回房间内! 阿嬷还在等你——"

"嗯……你自己保重!"

大信点一下头,又看了贞观一眼,随即开步就走;那日,正是处暑交白露,黯黯上弦月,挂在五间房的屋檐顶上。

贞观站在那里,极目望着不远处的"伸手仔",忽地想起李贺的诗来。

衰兰送客咸阳道,

天若有情天亦老。

3

四点正,贞观即醒了过来。

她本想闭眼再睡的,怎知双目就是阖不起,整个晚上,她一点醒,二点醒的,根本也无睡好!

早班车是六点准时开;大信也许五点半就得出发,这里到车站,要走十来分。

早餐自然有银城嫂煮了招呼他吃……不然也有她四妗! 伊甚至会陪他到车站。

大信即使真不要自己姑母送他,贞观亦不可能在大清早,四五点时候,送一个男客去坐车！在镇上的人看来,她和他,根本是无有大关系的两个人——那么,她的违反常例,起了个特早,就只为了静观他走离这个家吗?

那样,众人会是如何想象他们?

所有不能相送的缘由,贞观一项项全都老早想到了,她甚至打算:不如——狠狠睡到六七点,只要不见着,也就算了!

事情却又不尽如此,也不知怎样的力量,驱使她这下三头两头醒……

人的魂魄,有时是会比心智、毅力,更知得舍身的意愿!

——都已经五点十五了！大信也许正在吃早餐,也许跟她四妗说话！也许……也罢！也罢！

到得此时,还不如悄作别离;是再见倒反突兀,难堪!

汉诗有"参辰皆已没,去去从此辞"的句子;贞观可以想见:此时——天际的繁星尽失,屋外的世界,已是黎明景象;街道上,有赶着来去的通车学生,有抓鱼回来的鱼贩子,有吹着长箫的阉猪人,和看好夜更,急欲回家的巡守者……

而大信,该已提起行李,背包,走出前厅,走经天井,走向大门外。

他——贞观忽然仆身向下,将脸埋于枕头之中,她此时了悟:人世的折磨,原来是——易舍处舍,难舍处,亦得舍!

她在极度的凄婉里,小睡过去,等睁眼再起时,四周已是纷沓沓。

银山、银川的妻子,正执巾,捧盆,立着伺候老人洗面。事毕,两妯娌端着盆水,前后出去,却见银城妻子紧跟着入来;贞观看她手中拿的小瓷碗,心下知道:是来挤奶与阿嬷吃!

贞观傍着她坐下,亲热说道:"阿嫂,阿展尚未离手脚,你有时走不开,可以先挤好,叫人端来呀!"

银城的妻子听说,即靠过身来,在贞观耳旁小声说是:"阿姑,你不知!挤出来未喝,一下就冷了,老人胃肠弱,吃了坏肚腹啊!"

她一面说,一面微侧着身去解衣服,贞观看到这里,不好再看,只得移了视线,来看梳妆台前的外婆;老人正对镜而坐,伊那发分三绺,旧式的梳头方法,已经鲜有传人,少有人会;以致转身再来的银山嫂,只能站立一旁听吩咐而已。

贞观看她手上,除了玉簪、珠钗,还有两蕊新摘的紫红圆子花:"阿嫂,怎么不摘玉兰?"

银山妻子听见,回头与她笑道:"玉兰过高,等你返身拿梯子去给阿嬷摘!"

等她阿嬷梳好头,洗过手,贞观即近前去搬伊来床沿坐,这一来,正见着银城妻子掏奶挤乳,她手中的奶汁只有小半碗,因此不得不换过另半边的来挤。

贞观看她的右手挤着奶房,晕头处即喷洒出小小的乳色水柱⋯⋯

奶白的汁液,一泻如注;贞观不禁要想起自己做婴儿的样子——她当然想不起那般遥远的年月,于是她对自己的母亲,更添加一股无可言说的爱来。

挤过奶,两个表嫂先后告退,贞观则静坐在旁,看着老人喝奶;她外婆喝了大半,留着一些递与贞观道:"这些给你!"

贞观接过碗来,看了一眼,说道:"很浊呢!阿嬷——"

她外婆笑道:"所以阿展身体好啊!你还不知是宝——"

贞观听说,仰头将奶悉数喝下;她外婆问道:"你感觉怎样?"

贞观抚抚心口,只觉胸中有一股暖流。

"我不会说,我先去洗碗——"

当她再回转房内,看见老人家又坐到小镜台前,这次是在抹粉,伊拿着一种新竹出产的香粉,将它整块在脸上轻轻缘过,再以手心扑拭得极其均匀;贞观静立身后,看着,看着,就想起大信的一句话来:"从前我对女孩子化妆,不以为然;然而,我在看了祖母的人后,才明白:女子妆饰,原来是她对人世有礼——"

她外婆早在镜里见着她,于是转头笑道:"你在想什么,这样没神魂?"

贞观一心虚,手自背后攀着她外婆,身却歪到面前去纠缠。她皱着鼻子,调皮说道:"我在想——要去叫阿公来看啊! 呵呵呵!"

祖孙两个正笑着,因看见银山的妻子又进来! 她手中拿的香花,近前来给老人簪上;贞观于是笑道:"哇! 心肝大小瓣,怎么我没有?"

银山嫂笑道:"心肝本来就大小瓣啊——还说呢;这不是要给你的?"

她一面说,一面拉了贞观至一旁的床沿来坐;贞观头先被牵着手时,还有些奇怪,等坐身下来,才知她表嫂是有话与她说;伊凑着头,趁着给贞观衣襟上别花时,才低声说道:"以为你会去摘玉兰呢! 一直等你不来——"

贞观当然讶异,问道:"什么事了?"

银山嫂双目略略红起,说道:"小蛮伊阿嬷这两日一直收拾衣物,我们只觉得奇怪,也不敢很问,到昨晚给我遇着,才叫住我,说是伊要上山顶庙寺长住——"

"为什么?"

贞观这一声问得又急又促,以致她表嫂哽着咽喉,更有些说不出声:"伊只说要上碧云寺还愿——叫我们对老人尽孝,要听二伯、众人的话——"

"这是为什么？"

"我也不知晓！昨晚就苦不得早与你说呢，你一直没出房门；这边又有人客。"

"……"

"阿姑，我只与你一人讲，别人还不知呢！你偷偷与阿嬷说了，叫伊来问，阿嬷一加阻止，伊也就不敢去！"

不论旁人怎样想，贞观自信了解她大妗，前日大舅和琉璃子阿妗要走时，伊还亲自与他二人煮米粉汤——

银山嫂一走，贞观犹等了片刻，才与她外婆言是："阿嬷，你叫大妗来，问伊事情！"

"怎样的事情？"

"阿嫂说：大妗要去庙寺住——详细我亦不知！"

她阿嬷听说，一叠连声叫唤道："素云啊！素云——"

她大妗几乎是随声而到；贞观听她外婆出口问道："你有什么事情，不与我说了！我知道你也是嫌我老！"

话未说完，她大妗早咚的一声，跪了下去；贞观坐在一旁，浑身不是处，只有站起来拉她。

她大妗跪得这样沉，贞观拉她不动，只得搬请救兵："阿嬷，你叫大妗起来——"

眼前的婆媳两个，各自在激动流泪。贞观心想：阿嬷其实最疼这个大媳妇，然而，上年纪的人有时反而变成了赤子，就像现在；她外婆竟然是在跟她大妗撒娇——

"阿娘，媳妇怎会有那样的心呢？"

"若不是——"

她外婆停停，又说："你怎么欲丢我不顾了！"

"阿娘——"

"有什么苦情，你不能说的？"

"我若说了，阿娘要成全我！"

"你先说啊，你先说！！"

她大妗拭泪道："光复后，同去的人或者回来了，或者有消息，只有国丰他一直无下落；这么些年来，我日日焚香，立愿祈求天地、神明庇佑，国丰若也无事返来……媳妇愿上净地，长斋礼佛，了此一身——"

连贞观都已经在流泪，她阿嬷更是泪下涔涔；她大妗一面给老人拭泪，一面说道："——如今他的人回来了，我当然要去，我自己立的愿，如何欺的天地、神佛——只是，老人面前，不得尽孝了，阿娘要原谅啊！"

她阿嬷这一听说，更是哭了起来，她拍着伊的手，嘴里一直说："啊！你这样戆！你这样戆！！"

房内早拥进来一堆人，她二妗、三妗、四妗、五妗……众人苦苦相劝一会，她阿嬷才好了一些，却又想起说道："不管怎样，你反正不能去；你若要去，除非我老的伸了腿去了；如今，我是宁可不要他这个儿子，不能没有媳妇，你是和我艰苦有份的——"

"……"

贞观早走出房门来，她一直到厨前外院，才扭开水龙头，让大把的水冲去眼泪；人世浮荡，唯见眼前的人情多——

贞观仆身水池上，才转念想着大妗，那眼泪竟又是潸潸来下——

十二

1

十二的月色已经很美了，十三、十四的月色开始撩人眼，到得十五时，贞观是再不敢抬头来看！

大信去了十余日，贞观这边，一日等过一日，未曾接获他半个字——

这样忙吗？还是出了事？或者——不会生病吧！他的身体那样好——

到底怎样呢？叫人一颗心要挂到天上去！

真挂到天上去，变成无心人，倒也好，偏偏它是上下起落无着处，人只有跟着砥砺与煎熬。

近黄昏时，众人吃过饭，即忙乱着要去海边赏月；上岁数或是年纪大些的，兴致再不比从前，只说在自家庭院坐坐，也是一样。

年轻一些的夫妇，包括她五姈和表兄嫂们，差不多都去，贞观原想在家的，谁知拗不过一个银蟾，到底给她拖着去。

若是贞观没去，也许她永远都不能懂得，也许还要再活好久，她才能明白：心境于外界事物的影响，原来有多大！

再美的景致，如果身边少了可以鸣应共赏的人，那么风景自是风景，水自水，月自月，百般一切都只是互不相干了！

与大信一处时，甚至在未熟识他的人之前，这周围、四界，都曾经那样盎然有深意；大信一走，她居然找不着旧有的世界了；是天与地都跟着那人移位——

看月回来，贞观着实不快乐了几天；到得十八这日，信倒是来了。

贞观原先还故作镇定的寻了剪刀，然而不知她心急呢，还是剪刀钝，铰了半晌，竟弄不开封缄，这下丢了剪刀，干脆用手来；她是连撕信的手都有些抖呢。

贞观：

一切甫就绪，大致都很好！

读了十六年书，总算也等到今天——报效有日矣！

祖母的古方真灵呀！我那天起床，鼻子就好了；最叫我惊奇的，还是知道你会做这样鲜味的汤水！（以后可以开餐馆了！）

给你介绍一下此间的地理环境：

澎湖也真怪，都说他冬天可怕，仿佛露出个头，就会被刮跑似的；那种风，大概连什么大诗人都顾不了灵感，还得先要随便抓牢着什么，以免真的"乘风归去"。

可能一切的乖戾，都挤到冬天发泄去了，平时澎湖三岛，倒是非常温顺、平和，除了鸟啾和涛声有点喧哗外，四周可是很谧静的，可惜地势平缓，留不住雨露，造就不了黑山、白水、飞瀑、凝泉那般气势；国画中常以一泓清沁，勾出无限生趣，澎湖就少这么一味！

刚来时，看到由咕咾石交错搭成，用来划界的矮墙，很感兴趣；矮墙挡不住视界，却给平坦的田野增添了无尽意思！

平时天气很好，电视气象常乱预测澎湖地区，阴阴雨雨，笑死人呢！……

贞观原先还能以手掩口，看到后来，到底也撑不住的笑出来；只这一笑，几天来的阴影，也跟着消散无存。

从前她看《牡丹亭》，不能尽知杜丽娘那种"生为情生，死为情死"的折转弯曲；她若不是今日，亦无法解得顾况所述"世间只有情难说"的境地。

情爱真有这样炫人眼目的光华吗？这样起死回生的作用：几分钟前，她还在冰库内结冻，而大信的一封信，就可以推她回到最温煦的春阳里。

信贞观连看了几遍，心中仍是未尽，正在沉醉，颠倒，银禧忽闯到面前来，他这两日，面部正中长一个大毒疮，不能碰不能摸，闹得她四妗没了主意，五路去求诊，西医不外打针，中医无非敷药草，怎知疗疮愈是长大不退。贞观看他红肿的额面，不禁说他："你还乱闯，疗子愈会大了，还不安静一些坐着，看给四妗见到骂你！"

银禧这才停住脚，煞有其事说道："才不会！妈妈和阿嬷在菜园子。"

"菜园子？"

"是啊——"

银禧一面说，一面在原地做出跳跃的身势："她们在捉蟾蜍！"

"蟾蜍——"

她看着眼前银禧的疗子，忽然想明白是怎么一件事：蟾蜍是五毒之一，她阿嬷一定想起了治疗毒疗的古方来。

"走！银禧，我们也去！"

她带他去,是想押患者就医;银禧不知情,以为是看热闹、好玩,当然拉了贞观的手不放。

贞观一路带着小表弟,一路心上却想:银禧称大信的母亲妗,称自己母亲姑,两边都是中表亲,他与大信是表弟兄,与自己是表姊弟,等量代换之,则大信于她,竟不止至友、知心,还是亲人、兄弟……

菜园里,她四妗正弯身搜找所需,她外婆则一旁守着身边一只茶色瓮罐,罐口还加盖了红瓦片。

"阿嬷,捉到几只了?"

她外婆见是她,脸上绽笑道:"才两只,你也凑着找看看!"

"两只还不够吗?"

"你没看他那粒疔子;都有茶杯口么大!"

贞观哦了一声,也弯下身子来找。未几,就给她发现土丛边有只极丑东西,正定着两眼看她;它全身老皱、丑怪,又沾了土泥,乍看只像一团泥丸,若不是后来见它会跳,差些就给它瞒骗过去。

"哇! 这儿有一只!"

她阿嬷与四妗听着,齐声问道:"青蛙与蟾蜍,你会分别么?"

贞观尚未答,因她正伸手扑物,等扑着了,才听得银禧叫道:"阿姊,蟾蜍比青蛙难看!"

贞观捉了它,近前来给阿嬷验证,一面笑说道:"我知晓! 青蛙白肚子,这只是花肚子!"

她四妗亦走近来看,二人果然都说是蟾蜍无错;她外婆于是举刀在它肚皮上一划,瞬时,蟾蜍的内脏都显现了,见着了:心、肺、胆、肝。她阿嬷在一堆血肉里,翻找出它的两叶肝来,并以利刀割下其中一叶,同时快速交予她四妗贴在银禧的疮疔上——

贞观这下是两不暇顾,又要看疗子的变化,又要知道那少了半个肝的奇妙生物;她四妗因为把手按着贴的肝,以致贞观根本看不清银禧的颜面,她只得转头来看另一边的状况,她外婆自发髻上拔下针线时,贞观还想:伊欲做什么呢? 不可能是要缝它的肚皮吧?! 那蟾蜍还能活吗? 当她往下再看时,真个是目瞪口呆起来;她那高龄的外家祖母,忽地成了外科医生,正一线一针,将那染血的肚皮缝合起来。

　　"阿嬷——"

　　贞观惊叫道:"你缝它有用吗? 蟾蜍反正!"

　　"不知道不要乱说——蟾蜍是土地公饲养的,我们只跟它借一片肝叶疗毒,还得放它回去!"

　　"它还能再生吗? 我是说它的肝会再长出来? 而且能继续活下去吗?"

　　她外婆正缝到最后一针来,贞观看伊还极其慎重地将线打了结,然后置于地上:"你看,它很清醒呢! 等一会你把它们全放到阴凉所在,自然还会再活!"

　　说着,因见银禧乱动,又阻止道:"你看你! 不行用手摸!"

　　贞观这才注意到那肝竟自贴着疗子……

　　"阿嬷,谁教你这些?"

　　老人家笑道:"人的经验世代流传啊——"

　　"阿嬷,要做记号么? 或是绑一条线?"

　　"只有它们都好好活跳着,银禧的疗子才能完全好起来! 你只要看银禧一好就知!"

　　啊啊!

　　世上真有这样的事吗? 两者之间,从敌对变成攸息相关了?!

　　她捧起蟾蜍,认真地找着阴凉处,才轻放它们下来,想到银禧好时,它们也已是生动、活跳——就只想立时回到伸手仔,去给大信写信!

贞观还是在搀了外婆回房后,才再折回伸手仔,她握着笔管,直就写下:

大信:

男儿以身报效,小女子敬佩莫名!

《列女传》里说的:女子要精五饭,幂酒浆……区区一碗面线,岂有煮不好的理?你大概不知情吧!我十岁起,即帮我母亲煮饭,有一次,因为不知米粒熟了也未,弄了一勺起来看,竟将热汤倾倒在身上……

银禧颜面上长疗,祖母以古法给他疗毒,是取下蟾蜍的肝来贴疮口,再过几日,该可以完全好起!(蟾蜍还是我帮四妗抓的!)

你一定还关心那被割走肝叶的蟾蜍们!祖母却说它们仍会再生;你相信吗?我是相信的!

人类身为高等动物,然而我们有一些生命力,是不及这些低等生物的。小时候我抓螃蟹时,明明抓到手,而它为了摆脱困境,竟可以自动断足而逃;小学时期,我还看过校工锄土时,铲刀弄断了土中的一尾蚯蚓,将它割做两小段,而那两小段,竟还是蠕动不已,复钻入土中,又去再生、繁衍……

诸形相较,人类真成了天地间最脆弱、易伤的个体了。

　　祝

好

　　　　　　　　　　　　　　　　　　　贞观

2

贞观:

中秋快乐!

这儿的老百姓真厚礼,送来了两打啤酒,够大家腰围加粗几寸了;来而不往非礼也,昨天也上街笨手笨脚地买节礼,感想是:真有学问!

晚来与众兄弟共飨之,食前方丈,吃得胃袋沉重今今的!

月色真好,可惜离家几多远,空有好月照窗前;你那边怎样过的?

　　　祝

愉悦!

　　　　　　　　　　　　　大信

贞观:

来信收到,甚欢喜。

我上过生物课,知得蟾蜍的肝叶确可再生;真如你所说的,在诸些大苦难里,惟有人最是孱弱如斯,最是无形逃于天地;然而,做人仍是最好的,佛家说:人身难得,只这难得二字,已胜却凡间无数。

不能想象:你胆敢捉蟾蜍的样子,你们女生不是都很怕蛇啦! 青蛙、老鼠一类的? 我们家最小的幺妹,十三岁,是姊妹中最凶的,有一次她洗身时,在浴室内尖叫,我们都跑过去问究竟,她在里面半天说不出话,后来才弄清楚,是只小老鼠在吃水,我们说:你开门我们帮你捉,她说她不敢动,那我只好说要爬进去,谁知她大叫道:大哥! 不行啊! 我没有穿衣服——

这两天的风雨,有些不按常理出牌,可怜它昨天才种了一窗子花,经不起一夕猖狂,今晨红红、绿绿,全倾倒在迷蒙蒙里;原指望它们能够长大、茂盛,光耀我们那小门楣的!

现在是五更天,窗外是海,大海里有一张鼓,风浪大时,鼓也跟着起哄,每晚就在窗口震耳欲聋,仿佛就要涌进来似的,谁谓听涛? 耳朵早已不管用了。

海里喧哗时,心里的一张鼓也跟着鸣应;不是随即入睡,就是睡不着。

明天再写,明天再写!

贞观:这两天甘薯收成,并且彳ㄨㄚ①成甘薯签,有一家阿婶和我们关系密切,我们供给她场地、水电,整条路铺得雪白、雪白的,飘香十里。

你身边再有什么好书,寄来我看,如何?

大信

两封信是一起到的,贞观从黄昏时接到信,一直到入夜时分,自己回房关上门,犹是观看不足。第二天,她给他寄了书去,且在邮局小窗口,简单写了一纸:

---

① 大信在这里用了一个闽南语动词,指"把瓜类刨成丝"之意,由于没有对应的汉字,他用注音符号表示——编者按

大信：

　　书给你寄去，但是先说好，看过之后，要交心得报告！

　　那个晒甘薯签的阿婶，一定有个女儿……对不对？

　　与你说个传奇故事，却是极真实的；有个小学同学的阿嫂，原是澎湖三六九饭店的女儿，她做小姐时，因自二楼往下泼水，正好同学的大哥横街而过，淋了个正着，他待要大骂，抬头见是女子，随即收口；小姐亦赶下楼道歉，二人遂有今日。……你要不要也去试试。（到附近走走？！）

　　　　　　祝

好运！

　　　　　　　　　　　　　　　　　　　　　贞观

第六天，大信才有回音来到：

贞观：

　　书册收到，谢谢。

　　会的，会有心得报告的！但是要怎样的报告呢？但识琴中趣，何劳弦上声。——懒者在清风过耳之际，品茗，阅卷，一下给他这么个严肃任务，紧张在所难免，太残忍了！

　　最近花生收成，整天常不务正业，帮他们挖花生，分了一些，吃都吃不完。

　　花生田一翻过，绿色的风景就逐一被掀了底，东一块，西一块，土黄色的疤痕，看起来触目惊心的。

　　你猜得对！那家阿婶是有个女儿，可惜只有七岁！哈！

148

刚才接到家里幺弟的信：大哥，近来好吗？最近我的成绩不太好，可是老师说作文写得很好，叫我写了拿去比赛——

老幺才升四年级，每天只要担心：习题没写，跑出去玩，会不会给妈妈发现。多好！他还有个笑话，老师叫全班同学写日记，他拿了幺妹的去抄，众人笑他，他居然驳道：

我们是一家人，过的当然是同样的生活……

也不知我小时候，有无他这样蛮来的？

顺便问一句：泼水之事有真么？

大信

看了半天，也无提到他有无去那个地方，贞观不免回信时，特意询及：

大信：

再十天，就要去台北了，是大舅自己的公司，我和银蟾一起，算是有伴。

台北是怎样一个城府呢？不胜想象的；《礼记》说："积而能散，安安而能迁。"我希望自己可以很快适应那地方的风土、习俗！

这两日正整理衣物、杂项的，有些无头绪。那个地方，你到底去了没有？

匆匆

贞观

过了六七天，大信又来一信：

贞观：

　　十月四日，种下一亩芥兰菜籽，昨天终于冒出芽来，小小、怯黄色的芽，显得很瘦弱、娇嫩的。（隔壁人家的萝卜，绿挺苗壮的呢！）头二天，一直不发芽，急得要命，原来是种子没用沙土覆盖着，暴露在外所致。

　　生命成长的条件是：1.黑暗2.水3.温度4.爱，太亮了，小生命受不了的！

　　看到种下去的希望发了芽，心里很愉快，哪一天，这些愉快能够炒了来吃，才是好呢！

　　那个地方早就去了；我还多带了一把雨伞！……

贞观已经忍不住笑出来，这个人，这样透灵，这样调皮——

　　——不过，不妨给你个机会教育：不可信之女子，勿以私情媒之，使人托以宗嗣。知道吗？

　　你就要上台北了吗！真是叫人感奋的事！台北有乌烟瘴气，有长长的夜街，有一下三个月的雨季，但是住久了也会上瘾的！因为台北有台北的情感！

　　虽说这样，还是要叮你一句：台北天气会吃人的！请多保重！

　　　　即祝

顺遂！

　　　　　　　　　　　　　　　　　　大信

150

3

为作最后的流连，为了与情似母亲怀抱的海水告别，贞观乃于晚饭后，悄悄丢下众人，走今晚之后，她又是异乡做客，往后这水色、船灯，也只有梦里相寻！

从前去嘉义，去台南，心中只是离别滋味，再不似今番的心情！

她就要去台北了，台北是她心爱男子的家乡，她是怀抱怎样的虔诚啊！人生何幸，她可以遇着似大信这般恢宏男儿。

啊啊！！台北；台北的宽街阔巷，台北的风露烟云；又生疏又情亲的城郡啊，一切只为了大信在彼生长——

船坞泊船处，有人正检修故障的发电机；他那船桅杆上，挂着小收音器，黑暗之中，贞观不仅听着歌声，还亮眼能见那船肚里的电石光火：

青春梦，被人来打醒，

欢乐未透啊，随时变悲哀！

港边惜别，天星似目泪；

——

那人随着歌韵，咿唔乱哼起，贞观亦不禁仰头来看视：天际果然有星光点点！天星真的是离别时的眼泪吗？贞观尚自想着，哪知眼泪就此落下襟来；今夜她这样欢喜不抑，谁想还是流泪了；是与这片海水的情深呢！抑或那歌词动人酸肠？

其实一念及大信，是连眼泪都只是欢喜的水痕和记号；而世间的折磨与困厄,竟因此成了生身为人的另一种着迷。

回来时已经九点正,她踏进外婆内房时,才看清屋里有客!

是前邻黄家一个阿婆,来找老姊妹说话的;贞观和银蟾直站在墙角一旁,听半晌才知道,是说的她家孙媳妇的不是:"——老大嫂,你也知情的,从前要担一担水,得走三里、五里的去挑,一滴水都是一滴汗换的;如今水源方便了,算是现代的人命好,命好也要会自己捡拾呀!有福要会惜福,她不是!每次转开水道龙头就是十来分,任它水流满池再漏掉,我教她:抹肥皂时先关起,欲用再开,她竟然不欢喜——"

她外婆劝伊道:"哎,也是少年不识事,只有等你慢慢教。"

"我教她要听吗?我讲两句,就躲在房里不吃饭,还得男人去劝她,当初欲做亲时,我就嫌过了,他阿公还说是:肩缩背寒,终非良妇。谁知阿业他自己爱,好了,如今无架抬交椅,自己知苦了!"

"……"

"早就与他说过,娶着好某万事幸,娶着歹某万世凝;他就是不听,哎,也是他的命!——"

她外婆又劝了一回,黄家阿婆才心平气顺,拿起手拐欲走,贞观和银蟾两人直送伊回得黄家,才又折转回内房。

二人回房里,齐声笑道:"啊哈,阿嬷今日做了公亲!"

"什么公亲?"老人家眯着眼笑道,"前人说:吃三年清斋,不知他人的家内事。还不是给伊吐气出闷而已!"

伊一面说,一面自箱橱里抽出个漆盒来;贞观极小时候,几次见过这方盒,都只是随眼一瞥,并不知得匣中何物;她这下是看着老人如此慎重、认真,一时也顾不了换睡衣,人即踊身近前,来与银蟾同观看。

匣盖才开启,贞观两人同时要啊的叫出声,她看过母亲颈间戴有个玉锁,她也看过琉璃子阿妗的胸前佩个玉葫芦,但她不曾看过近百件的大小玉器,全贮放一起的状况!

玉的纽扣、玉的莲蓬、玉帽花、玉簪头;最大的一件是雕着金童玉女的佩坠,如火柴盒大小,镂刻极细,只见金童正弹腿踢毽子,玉女在一旁拍手而观;最小的是个玉刻石榴;贞观不能想象多久年代,身怀怎样绝艺的匠人,才得以琢磨出这颗玉石;整粒石榴,只有释迦籽一般大小,却是浑圆、落实,尤以它的前萼与后端序状,全部详尽,细微,教人看了,要拍案惊奇起来。

其他如壶、瓶、桃、杏,都只有小指头大,也是无一不玲珑。

“阿嬷——”

银蟾再忍不住说:“你还有这许多压塌箱底的宝贝,怎么我们全不知?”

老人正伸手捡出匣中的两块玉佩,除了金童玉女外,另一个是鸳鸯双伴图;两件都是极娇嫩的青翠色,且是透空的镂花;伊将佩坠先置于掌上,再分头与贞观二人说是:“本来等出嫁才要给你们,想想现时也相同;明天就去台北了,也不能时常在身边……”

这一说,房内的气氛整个沉闷起来,贞观看着银蟾,银蟾望着贞观,两人互视一会,才合声劝老人道:“阿嬷,你也去啊!人家大舅、大伯几次搬请你去住!”

老人一听,倒是笑起来:“我还去?那种所在,没有厝边头尾来说话;走到哪里都是人不识我,我不识人,多孤单呀!”

贞观可以想知:那种人隔阂着人的滋味,然而为了大信,人世即使有犯难和冒险,也变做进取与可喜了!

"好了! 你们免劝我;这两件随你们爱,一人拣一件,挂在身躯,也像是阿嬷去了!"

银蟾一听说,先看了贞观一眼:"你爱哪项?"

贞观道是:"你先拿去,剩的就是我的!"

"其实你的我的一样,我就眼睛不看,随便拿一个!"

银蟾这一落手,抓的正是鸳鸯。

"哈! 金童玉女是你的!"

她一边说,一边取近了来给贞观戴;贞观身上原就挂有金链子,银蟾趁此身势,附着她身边悄说道:"我知道你爱这个,刚才我看你多看了它好几下——嗯,好了!"

银蟾的头凑得这样低,几乎就在她颈下,贞观任着她去,自己只是静无一言。

她看着她微蜷的发,和宽隆的鼻翼——银蟾到底是三舅的女儿,这样像三舅……正想着,银蟾忽地停下来,抬头看她:"你看什么?"

"看你的眼睛为什么这么大?"

二人遂笑了起来;这一笑,彼此的心事都相关在心了。

一直到躺身在床,贞观还是无倦意,她不由自己地摸一下颈间的玉,又转头去看窗边:灯已经熄了! 她在黑暗中看出屋外一点微光隐隐;啊,长夜漫漫,天什么时候亮呢?

1

台北住下三个月了,贞观竟是不能喜爱这个地方;大信每次信上问她:你喜欢台北吗? 她就觉得为难;是说是说不是,都离了她的真意思——

贞观:

你们住的那条巷子,从前做学生时我常走的;就是学校对面嘛!(学校对面为什么有那么多巷子?)

那里有一家川菜馆,从前我们常去的;另外张博云齿科那边底巷,从前住个老画家,他喜欢在学校下课钟响时,在巷口贴张纸条,写着:请来吃午饭! 我因为没去过,到现在还分不清他是真请客呢,还是生意奇招?

从阿仲他们宿舍一出来,向右拐,即是化学馆,馆上二楼第三个窗子,是我从前做实验的地方!

另外夜间部教室向操场的北面,有条极美妙的小路径,两旁植着白桦木,你是否已发现? 再附上《台北观光指南》一册,它还是我托妹妹买好寄来,(老妹真以为我这样思乡呢!)希望于你们有用。

　　邮差来收信了，简此！

大信

贞观：

　　连着几封信，如此认真地给你简介台北，怎知真的就想起家来；长这么大，还不曾这般过呢！

　　"昨夜幽梦忽还乡"——谁人做这样呕人的诗句？昨晚倒真的做梦回台北！兴匆匆要去找你，哪知才走到巷口，就醒了过来！懊恼啊！

　　现在是五更天，窗外的海挑着万盏灯火，起伏摆荡，却又坚定明洁，沿着海湾曲线，遥遥相衔；今晚月色沉寂，海天同色，看不出是浮在海面的渔火，还是低垂的星饵，在引诱欢聚的鱼群？

　　台北可好？

大信

　　贞观每接到这类的信，心里总是惘然，不知怎样复他的好；大信是此方人氏，台北有他的师亲、父老，它于他的情感，自是无由分说；他是要贞观也跟他一样能感觉这种亲！

　　他们彼此没有明讲，然而大信的这份心思，贞观当然领会；偏偏她所见到的台北人，不少是巧取、豪夺；贫的不知安分，富的不知守身……

　　因为夹有这层在中作梗，以致贞观不能好好思想台北这个地方，她只好这般回信——"现在尚无定论呢！等我慢慢告诉你——"

银蟾就不同了;二人同住在宿舍里;是阿仲帮她们找的一间小公寓,贞观下班后,即要回来,银蟾却爱四处去钻窜,以后才一五一十说给她听。

星期假日里,贞观躲着房间睡,银蟾却可以凭一纸台北市街图,甚至大信寄来的纸上导游,自己跑一趟外双溪或动物园。

这日星期天。

贞观睡到九点方醒,抬头见上铺的银蟾还一床棉被,盖得密集集——她于是叠上脚去推她,一面笑道:"长安游侠儿还不出门啊?"

阳历十二月,台北已是凉意嗖嗖的;银蟾被弄醒,一时舍不下棉被,竟将之一卷,团围在身上,这才坐起笑道:"可惜一路上,也无什么打抱不平的事'侠'不起来。"

贞观却是自有见解:"也不一定要落那个形式啊!我觉得:若是心中对曲直是非的判断公允、清正,也就沾侠气;除了这,侠字还能有更好的解释吗?"

说了半天,二人又绕回到老话题来;银蟾先问道:"大伯和琉璃子阿姆,不时叫我们搬过那边住;你到底怎样想呢?"

怎样想——当初要来台北,她四妗一步一叮咛,叫二人住到她娘家,即大信家中;她外婆和众人的意思则是:自己母舅、阿伯,总比亲戚那里适当!

这住到外面来租屋税厝,还是最不成理由的做法——决定这项的,尽是贞观的因素;她最大的原因是:这里离弟弟宿舍,只一箭之地!

当然也还有其他;她不住大舅那里,是要躲那个日本妗仔:伊正热着给她做媒,对方是个日本回来的年轻医生,贞观见过二次,觉得他一切都很好!可是从她识事以后,她就有这样的观念——很好的人或物,也不一定就要与己身相关啊！它可以是众人大家的，而彼此相见时，只是有礼与好意！

不住大信家则完全是情怯；怎么说呢？她对他们的往后，自有一份想象；因为有指望，反而更慎重了——

想来这些个，银蟾都知道在心，所以情愿跟她；贞观这一想，遂说道："住那边，住这边，反正难交代；说来还是这里好，离阿仲学校近，三弯二拐，他可以来，我们可以去。"

银蟾道："我心里也这样想呢！可是昨天上班，大伯又叫我去问，当着赖主任和机要秘书面前，我也不好多讲，只说再和你商量，有结论就回他！"

贞观笑道："我是不搬的！看你怎么回！"

银蟾眼波一转，说是："你怎么决定，我反正跟你；总没有一人一路的理……"

贞观听她这样说，因想起年底前银桂就要嫁人，姊妹们逐个少了，人生的遇合难料！……心里愈发对眼前的银蟾爱惜起来。

这次北上，二人还先到盐水镇探望银月；她抱着婴儿，浑身转换出少妇的韵味，贞观看她坐在紫檀椅上，一下给她们剥糖纸，一下又趿鞋出去看鸡汤……她的小姑、大嫂前后来见人客，进进、出出的，三人想要多说几句贴心话，竟不似从前在家能够畅所欲言。

"贞观——"

"阿月——"

"你们去台北；什么时候，大家再见面？"

贞观尚思索，银蟾已经快口回道："什么时候？就等银桂嫁——"

银月问话时，原是期待幸福的心情，怎知答案一入耳，反而是另一种感伤；亲姊妹又得嫁出一个——

贞观这一转思,真个想呆了;却听银蟾唤她道:"咦! 你着了定身法啦?"

贞观只将枕头堆叠好,人又软身倒下,这才一面拉被子盖,一面说:"那边日期看好没有?"

银蟾一时不知她指的何事:"你说什么?"

贞观干脆闭起眼,略停才说:"银桂她婆家呀!"

"原来说这项——"

银蟾说着,也将被子拉直,人又钻入内去:"银桂尚未讲,这两日看会不会有信来。"

贞观见她躺下,不禁说她道:"难得你今儿不出门!!"

银蟾本来盖好被了,这下又探头道:"喔! 你真以为台北有那么好啊? 可以怎样看不倦?"

"可不是? 三妗说你:离开家里这些时,也不心闷;天天水里来,山里去,真实是——放出笼,大过水牛公。"

银蟾笑道:"刚来是新奇,现在你试看看!"

"怎样了?"

"我也不会说,反正没什么! 啊! 这样说台北,大信知道要生气!"

她说着,吐一下舌头,忽的跳下床来:"我感觉楼下有信,我去看看!"

当贞观再看到银蟾时,她手上除了早点,还握着两封信。

"谁的?"

"你猜!"

贞观不理她,就身来看——一封是银桂的,一封则是大信;银蟾见她一时没行动,于是笑道:"你是先看呢! 还是先吃?"

贞观骂道:"你这个人——"

说着,踏下地来,只一纵身,即掠走其中一封;银蟾笑道:"刚才我也是多问的! 当然是先看,看了就会饱,那里还用吃!"

贞观笑道:"你再讲,拿针把你的嘴缝起来。"

当下,一人一信,两人各自看过,贞观才想起问道:"银桂怎么说?"

"是十二月廿八日,离过年只有一二天,银桂叫我们跟大伯说一声,提前两日回去。"

"一下请了五天假,大舅不知准不准呢!"

"反正还有个余月,到时再说! 嗯,不准也不行啊! 有些情事是周而复始的,以后多的是机会,有些可是只有那么一次,从此没有了;以后等空闲了,看你那里再去找一个银桂来嫁?"

"话是不错,可是银蟾,大舅有他的难,他准了我们,以后别人照这么请,他怎么做呢?"

"这——"

"暂时不想它,到时看情理办事好了;不管请假不请,我相信大舅和银桂都不会怪我们的。"

2

这日下班前,琉璃子阿姈打电话给贞观。她早在日本之时,即与自己丈夫学得一口流利台湾话,贞观从她那腔句、语气和声调,理会出——生身为女子,在觅得足以托付终身,且能够朝夕相跟随的男人之后的那种喜悦——你是汉家儿郎,我自此即是生生世世汉家妇。

"贞观子吗?"

她习惯在女字后面加上个子；贞观亦回声道："是的，阿妗，我是贞观。"

"银蟾子在身边吗？你们知今天什么日子？"

"什么日子，我不知哇；银蟾也在，阿妗要与伊说吗？"

"先与你说，再与伊说；今天是你大舅生日，阿妗做了好吃物，你们要来啊，下班后和大舅坐车回来！阿妗很久没见着你们了！"

贞观想了一想，只有说好；对方又说："大舅爱吃粽子，阿妗今早也都绑了，不知你们有爱吃么？"

"有啊！阿妗怎么就会包呢？"

"去菜市场跟卖粽子的老人学的，你们快来啊，看是好吃，不好？"

话筒交给银蟾后，贞观几次看见她笑，电话挂断后，贞观便问她："你卜着笑卦了？只是笑不停？"

银蟾笑道："琉璃子阿姆说她连连学了七天，今天才正式出师，怎知前头几个还是不像样，都包成四角形，她怕大伯会嫌她！"

"那有什么关系？四角的，我们帮她吃！"

"我也是这样说！"

说着，下班铃早响过，贞观正待收拾桌面，忽地见她大舅进来；二人一下都站了起：

"大伯！"

"大舅！"

"好，好，她跟你们说过了吧?！大舅在外面等你们！"

家乡里那些舅父，因为长年吹拂着海风，脸上都是阳光的印子；比较起来，反而是这个大舅年轻一些；他的脸，白中透出微红，早期在南洋当军的沧桑，已不能在他身上发现；然而，兄弟总是兄弟，他们彼此的眉目、鼻嘴，时有极相像的——

坐车时，她大舅让银蟾坐到司机旁边，却叫贞观坐到后座："贞观，你与阿舅坐！"

贞观等坐到母舅身旁，忽地想起当年父亲出事，自己与三舅同坐车内的情形——舅舅们都对她好；因为她已经没有父亲。

"贞观今年几岁？阿舅还不知哩！"

"廿三了——"

"是——卅八年生的；彼时，阿舅才到日本不久，身上没有一文钱——"

贞观静听他说下去，只觉得每个字句，都是血泪换来："那时的京都不比此时，真是满目疮痍，阿舅找不到工可做，整日饥饿着，夜来就睡在人家的门前……到第六天，都有些昏迷不知事了，被那家的女儿出门踏着，就是琉璃子——"

贞观想着这救命之恩，想着家中的大妗，啊，人世的恩义，怎么这样的层层叠叠？

"彼时，……琉璃子还只是个高中女学生，为了要跟我，几番遭父兄毒打，最后还被赶出家门，若不是她一个先生安顿我们，二人也不知怎样了，也许已经饿死……她娘家也是这几年，才通消息的——"

贞观的泪已经滴出眼眶来，她才想起手巾留在办公桌内未拿……于是伸手碰了前座的银蟾一下，等接住银蟾递予的时候，才摸出那巾上已经先有过泪。

"大舅，你们能回来就好了，家里都很欢喜——"

车子从仁爱路转过临沂街，这一带尽是日式住宅，贞观正数着门牌号，一放眼，先看到琉璃子阿妗已迎了出来，她身边竟站了那个瘦医生和阿仲。

"贞观子,银蟾子。"

她一口一声这样唤着她们;贞观第一次在家中见到她时,因为大妗的关系,对她并无好感,以后因为是念着大舅,想想她总是大舅的妻小,总是长辈,不是大舅,也看众人,逐渐对她尊存;然而今夜,大舅车上的一番话,听得她从此对她另眼看待,她是大舅的恩人,也就是她的恩人,她们一家的恩人⋯⋯

"阿妗——"

下车后,贞观直拉住她的手不放,银蟾的态度亦较先前不同;日本妗仔上下看了贞观好一会,才回头与她大舅道:"贞观子今晚穿的这领衣衫真好看!"

一时眼光都集到贞观身上,银蟾于是说:"我的也好看啊,阿姆就不说?"

日本妗仔笑呵呵道:"夸奖是要排队,有前后的,阿姆还没说到你嘛!"

她说话时,有一种小女子的清真;贞观看着她,心里愈是感觉:她是亲人——

回到屋内,贞观问弟弟道:"你是怎么来的?"

阿仲看一眼身旁的医生,说是:"是郑先生去接我!"

日本妗仔笑道:"是我请开元去接阿仲;啊,大家坐啊!"

长形的饭桌,首尾是男、女主人;银蟾示意阿仲坐到姊姊身旁,她自己亦坐到贞观对面,这一来,郑开元就被隔远了。

每一道菜端出时,贞观都看见她大舅的欢娱,谁知粽子一上桌,他忽然变了脸色;贞观低下头去,却听他以日语,对着琉璃子阿妗斥喝着——

　　贞观听不懂话意,却日本阿妗极尽婉转地予他解释:"喔,他们也不是客,不会误会的……多吃几个不也相同,下次我知道绑大粒一些……好了,你不要生气——"

　　她一面说,一面不断解开粽叶,然后三个粽子装做一碟的,将它送到每个人面前。

　　贞观这才明了——她大舅是怪伊粽子绑太小,像是小气怕人吃的样式。

　　"阿舅,阿妗初学,小粒的才容易炊熟,而且台北人的粽子就是这样一捻大,不像台南的粽子,一个半斤重。"

　　她弟弟亦说:"是啊,一个半斤重,也有十二两的……从前我住大姨家,什么节日都不想,想的只是端午节;吃一个粽子抵一个便当!"

　　席间众人,包括她大舅在内,都不禁笑了起来。饭后,众人仍在厅上闲坐,日本妗仔已回厨房收碗盘,贞观跶了鞋,来到里间寻她。

　　水台前,她仍穿着银丝洋服,颈间的红珊瑚串已取掉,腰上新系了围裙,贞观站在她身后,看着她浓黑的发髻上还有一支金钗,一朵红花,真个又简单又繁华。

　　"阿妗——"

　　她嘴里正哼着《博多夜船》的日本歌,听贞观一唤,人即转身过来;"怎么厅里不坐呢?这里又是水又是油的!"

　　贞观径是来到跟前,才说:"阿妗,银丹得等何时才回来?我们真想要见她!"

　　银丹是琉璃子阿妗与她大舅的女儿,今年才十七岁,他们夫妇欲回国时,银丹的日本祖母把伊留了下来,说是等她念好高等学校再去——

"银丹子吗？本来说好明年六月的,阿妗又担心伊的汉文不行,回来考不上这里的大学。"

正说着,只见银蟾亦走了来;贞观问她道:"阿仲还在吧?! 你们说些什么?"

"郑先生问他,十二两的粽子,里面到底包的什么?"

琉璃子阿妗听说,不禁好奇问道:"真有那么大的粽子?"

"有啊,我在台南看过!"

日本妗仔想着好笑起来,又问银蟾:"阿仲说包什么呢?"

"包一只鸡腿,两个蛋黄,三个栗子,四朵香菇,五块猪肉——啊,南部的人真是豪气!"

回来时,琉璃子阿妗要郑开元送他们,贞观客气辞过,谁知这人说是:"我反正顺路,而且小简也休息了!"

小简是大舅的司机;贞观心想,真要坚持自己坐公车回去,倒也无此必要!

这一转思,遂坐上车来;阿仲在前,她和银蟾在后,车驶如奔,四人一路无话,直到新生南路,阿仲学校的侧门方停。

阿仲下了车,又道再见又称谢;阿仲一走远,瘦医生忽问二人道:"小姐们要去看夜景吗?"

要啊,当然要——贞观心想:总有一天,她要踏遍台北的每条街衢,要认清台北的真正面貌,但是要大信陪在身旁才行;她要相熟台北,像大信识得她的故乡一样!

郑开元一直转望着她们,是真要听着答案;贞观伸出手,黑暗中扭了银蟾的手臂一下,银蟾这才清清声喉,回说道:"不行啊,我们爱困死了!"

3

贞观：

昨晚表演了一出《月下追周处》，今晨起来时，人有些眩晕，且有一个鼻孔是塞住的，叫人不禁要念起辣椒煮面线来。

别急！别急！刚才收到你的信，看过之后，果然春暖花开，鼻塞就此好起；不信吗？要不要打赌？（准是我赢你输！）因为十分钟前，才弈了一盘好棋。

其实赢了棋，也不一定代表这人神智清醒；从前我陪老教授下棋，他这样说过我——这个人，不用心的；这不正是《庄子·天地篇》说的——德人者，居无思，行无虑？阿仲也和你们去十八罗汉洞？我还以为他只会拿书卷奖（书呆奖呢？），照片看到了，那么一堆人，要找着你，委实不容易；最前头的两个就是大舅和琉璃子阿妗？

那个地方，从前我可是去过的；是不是有一线吊桥，走起来人心惟危的，还要抱着石壁走一段？

　　　祝

愉悦

　　　　　　　　　　　　　大信

贞观：

今晚昏头醉脑的，（我猜我的酒量很大，但偶尔只取一瓢饮！）正是难得的写信良机，虽然今晨才寄出一信。

166

这个月本来有假可以回台北,但是想想:三五日不成气候,干脆集做一处,到年底时,正好十来天,就去海边过年如何?我一直想知道你从来是怎样过的;台北这几年变得很多,再不似小地方可以保住旧俗。

你说家乡那边,上元仍有"迎箕姑"的旧例,为此,我特地找了释义来看,果然有记事如下——吴中旧俗,每岁灯节时,有迎箕姑或帚姑之类事。吴俗谓正月百草俱灵,故于灯节,箕帚,竹苇之类,皆能响卜。——从上项文字,不仅见出沿袭的力量,更连带印证了血缘与地理;萧氏大族原衍自江苏武进(即兰陵郡),吴中亦指的江苏,可敬佩的是:他们在离开中原几多年之后,这其间经历了多少浩劫、战乱,而后世的子孙,你们故乡的那些父老,他们仍是这般缅怀,牵念着封邑地的一切!我们民族的血液里,是有一种无以名之的因子;这也是做中国人的神气与贵重。

你农历廿六回去吗?我还不很确定呢,反正比你慢就是;海边再见了。

祝

新年快乐

大信　鞠躬

十四

1

银月则早她们一天到；贞观二人只才踏进大门，就已经感觉：家有喜庆的那种闹采采——

银月身穿艳色旗袍，套一件骆驼绒外衣，正抱着婴儿在看鸡鸭；贞观一近前，放了提袋，伸手先抱过她怀中的婴儿；婴儿有水清的眼睛，粉红的嘴，有时流出口涎，贞观在他的团圆脸上啄了一下，才以手巾替他揩去："喔——喔——喔，叫阿姨，叫阿姨！"

银月理一下衣襟，一面笑道："早哩！才三个月大；等他会叫你，还是明年的事呢！"

婴儿的双目里，有一种人性至高的光辉，贞观在那黑瞳仁里看到了自己的形象，她正掀着鼻子，亲爱他天地初开的小脸——"你们再不到，银桂的脖子都要拉长了；大伯他们后天才回来吗？"

"大舅是这样交代。"

"坐那么久的车，累了吧?！刚才我还去车站探了两次。"

"没办法，车班慢分；姊夫呢？"

"他明天才到！咦，银蟾不见了！"

银蟾原来先将行李提进屋内，这下又走出前庭来与她争抱婴儿：

"你好了没有！抱那么久，换一下别人行不行？老是你抱，他都不认得我这个阿姨——喔，小乖，阿乖——"

婴儿闪一下身势，却是哭了起来；银蟾手脚忙乱地又是拍，又是摇："莫哭啦，乖乖啦，阿姨疼喔！"

银月见儿子哭声不止，只得自己上前来抱了回去，一面叹道："从前听阿嬷说——手抱孩儿，才知父母时。现在想起来，单单这句话，就够编一本册了；乖啊乖，妈妈疼，妈妈惜！"

说着，姊妹相偕入内，来见众人；这样日子，贞观母亲自是返家帮忙，母女、姊妹相见，个个有话，直说到饭后睡前才住。

当晚，除去银月带着团仔不便，其余五姊妹又都挤着一间房睡；为了讨吉祥，还牵了银山的小女儿过来，凑了六数。银杏转眼十七八岁，已上了高二，正当拘谨、静默之时，问一句才答一句；其余两对，竟然灯火点到天明，四人亦说话到天明；喜庆年节，向来不可熄灯就寝，灯火一直让它照着，从日里到夜里，从夜里又到日里，真个是连朝语未歇，也是没睡好，也不知哪里来的，就有那么多的话要说——

第二天，举家亦是忙乱，直到三更才睡下，寅时三更，贞观惺忪着两只眼，卷了棉被，回外婆房里，才进门，差些给房中一物绊倒了。

是一小炉炭火，在微黯的内房里，尽性烧着；银蟾却是忽出去，忽进来，也不知乱的何事。

"这是做什么——"

贞观说她道："虽然阿嬷怕冷，她棉被里反正有小手炉，你这下弄这个，不怕她上火？我今早还听见她咳嗽呢！"

她说这话时，银蟾刚好走到小炉前，正要蹲身下来；火光跳在她的脸上，是一种水清见底的表情；贞观这才看明白：原来她手中拿的两粒橘子——

"是要弄这个,你也不早讲!"

"我也是刚刚才想起——本来都躺在床上了,因为嘴干睡不着,想着吃橘子,才剥一半,忽的想起这一项,就赶到灶下,搬了小烘炉起火——"

烤的橘子,说是吃咳嗽;贞观儿时吃过,也不知是真有效呢,抑是时候一到,自己好起,反正滋味好,吃过之后就要念念不忘了——她看银蟾将橘子置入炭火中,又以灰掩好,果然不多久,空气中就扬开来一阵辛气香味。

屋子里,整个暖和起来;贞观看视着炭火,薪尽火传,顿时觉得再无睡意。

银蟾本来与她同坐床沿,此时豁的一下站起身来要出去;贞观问道:"几点了,你欲去哪里?"

银蟾回头与她笑道:"咦!只烤两个怎么够,我们也要吃啊,菜橱里还有一大堆,我都去把它搬来!"

五六只橘子全烤完时,已是天亮鸡啼;二人一夜没睡,愈发的精神百倍;银蟾望着房里多出来的一堆红黄皮囊,不禁笑道:"昨儿我们推着阿嬷起来吃时,我看她并不很清醒;这下她若起床见着这一堆,一定吃一惊,以为自己一下真能吃那么多——"

贞观笑着骂她道:"你还说,你还说;没咳嗽的,比咳嗽的吃得还多,真是天地倒反!"

二人说过,亦盛了盆水,洗面换衫;直到交了巳时,男家已到门前迎亲,贞观等人,陪着母、妗、姨、嫂给姊妹送嫁,直送到学甲镇;中午还在男家吃了筵席,等回到家里,都已经黄昏了。

不知是感伤呢，抑或疲累、晕车，贞观的人一进门，就往后直走，来到阿嬷内房，摊开棉被，躺身就睡。

背后，银蟾尚着的三吋半高跟鞋，咯咯跟进来问道："你不吃晚饭啊？今儿前院、后头，同时开了几大桌；你就是不吃粒，也喝些汤——要不要，若是要，我就去与你捧来！"

贞观拿被蒙脸，说是："你让我睡一下。"

银蟾道："你这一睡，要睡到天亮的——"

"天黑天亮都好！"

"可是——"

"你不要说了好不好？我要先躺一下，有什么好吃的，你就留着不会？"

银蟾终于出去了；贞观这一睡，真个日月悠悠，梦里来到一处所在，却是前所未见——

只见大信的人，仍是旧时穿着，坐在田边陌上唱歌；贞观问他："你唱的什么啊？"

大信那排大牙齿绽开笑道："我唱校歌呢！"

"骗人，这不是《望春风》？"

"《望春风》就是校歌；校歌就是《望春风》！"

他说到最末一个字，人已经站起来跑了；贞观追在后面要打他，怎知脚底忽被什么绊住了，这一跌跤，人倒醒了过来——

她睁眼又闭起，伸手摸一下床、枕；另外翻换了个身势来睡。

这次要结结实实困它一困！不是吗？梦里千百景，之中有大信！她心里一直这样惦念他！

然而——一直到她饥肠辘辘，辗转醒来，再也没有做一个半个。

贞观恨恨离床,起来看了时钟,哇,三点半了,怪不得她腹饿难忍!

银蟾在她身旁,睡得正甜;也不知给她留了什么?只好自己摸到灶下来——

厨房倒是隐约有灯火,贞观几乎远远即可见着,也不知谁人和她同症状,这样半夜三更的,还要起来搜吃找食。

她这样想着,也只是无意识,等脚一跨入里间,人差些就大叫出来:"——是你!"

大信坐在一个小矮凳上,正大口地吃着米粉,她四妗则背过身,在给他热汤。贞观是到了此时,才真正醒了过来:"我没想到会是你!"

看她惊魂未定,大信的一口米粉差些呛着咽喉,他咿唔两声,才说句:"我也是没想着——"

她四妗把汤热好,返身又去找别项,一面说:"贞观这两日未歇困,今儿晚饭也没吃,先就去睡;咦,你吃什么呢?谁人收的这一大碗杂菜……一定是银蟾留给你——"

贞观早坐身下来,先取了汤匙,喝过一口热汤,这才问大信道:"你几时到的?外面这么冷——"

大信看着她,笑道:"坐夜车来的,到新营都已经两点半了,旧小说里讲的——前无村,后无店,干脆请了出租车直驱这里,不然又得等到天亮——"

"谁起来给你开的门?"

"三姑丈!"

贞观乃笑道:"四舅一定吃一惊!"

大信亦笑道:"可不是,只差没和你一样叫出声罢了——"

二人这样款款谈着,只是无有尽意;厨房入夜以后,一向只点小灯;

贞观望着小小灯火,心中想起"今夕复何夕,共此灯烛光"来。

当下吃过宵点,只得各自去歇息不提。

到得第二天,贞观一觉醒来,脑中还是模糊不清,也说不出昨晚的事是梦是真。

她就这样对镜而坐半天,手一直握着梳子不动,看镜里的一堆乱发,正不知从何处整理起——冷不防银蟾自身后来,拿了梳子一顺而下,一面说是:"我给你梳好看一些;大信来了。"

话本来可以分开前后讲的,偏偏银蟾将它混做一起;贞观不免回头望一下床铺,原来她阿嬷早不知几时出房去了,难怪银蟾胆敢说得这样明——

"你看到了?"

"是啊;一大早起来,就见着他的人——"

银蟾只说一半,忽的眼睛亮起来:"咦,不对啊,你这话里有机关;你看到了? ……好像他来的事,你老早知道在心,而且已经见过面了……到底怎样呢? 你不是现在才起床?"

贞观不响应;银蟾又说:"喔,我知道了,相好原来是这么一回事——"

贞观骂道:"你要胡说什么了?"

"你先别会错意——"

银蟾嘻嘻笑道:"我是说,要好的人,心中打的草稿都会相像;连打喷嚏都会拣同一个时呢! 你信不信啊! 哈!"

头早就梳好了,贞观起先还想打她一下,后来却被银蟾的话引得心里爱笑,又不好真笑出来,只得起身拿了面盆出来换水。

不想就有这个巧,偏在蓄水池边就遇着大信,二人彼此看了一眼,大信先说道:"小女孩子早啊!"

贞观一听说，拿起水瓢将手指沾水，一起甩上大信的身，问道："你这样叫我，什么意思？"

大信并不很躲，只略闪着身，笑说道："昨晚你那睡眼惺忪，还不像小女生吗？愈看愈像了，哈，今晨我还有个重大发现，你要听么？"

贞观佯作不在意："可听可不听！"

大信又笑："你的额头形状叫美人尖，国画上仕女们的一贯特征，啊，从前我怎么没看到？"

贞观弯身取她的水，也不答腔，心里却想：你没看到？大概眼睛给龙眼壳盖住了——

大信又说："说实在，你昨天看到我，有无吓一跳？"

"才止吓一跳——"

贞观的头正探向水缸，脸反而转过来望大信，是个极转折的身势："我还以为自己做梦呢！真真不速之客！"

大信笑道："我吓你一跳，你可吓我十几跳：看到你穿睡衣，我差点昏倒——"

架在她腰旁的盆水早满了，贞观头先未注意，因为顾着讲话。手一直不离水瓢子，这时一听说，只恨不得就有件传奇故事里的隐身衣穿，好收了自己的身，藏将起来。

她丢下水瓢，三伐作二步的，很快跑掉——

2

卅这一天，女眷们大都在厨房里准备除夕夜的大菜，以及过年节所需的红龟、粿粽。

贞观乱哄哄的两头跑;因为小店卖的春联不甚齐全,她母亲特意要她三舅自写一副,好拿来家贴:"门、窗、墙后、家具等项,都可以将就一些,大门口的那副,可是不能大意;对着大街路,人来人去的,春联是代表那户人家的精神啊!"

她母亲就是这样一个人,事有大小,她都在心里分得极详细。不止她母亲,贞观觉得,举凡所见,家中的这些妇人:她大妗、阿嬷等等都是;她们对事情都有一种好意,是连剪一张纸,折一领衣,都要方圆有致,都要端正舒坦。

春联的事,本来是她弟弟做的,不巧她二舅昨日网着十尾大鲈鱼,因念着从前教贞观姊弟的那位生煌老师极好,又逢着年节,她母亲就拣出几尾肥的,让阿仲送去。

贞观来到这边大厅,见大信正和她三舅贴春联,她三舅见是她,手指桌上折好的一副说道:"早给你们写好了;你母亲就是这样,平仄不对称的不要,字有大小边的不要,意思不甚好的不要,墨色不匀的不要,人家卖春联的急就就写,那里还能多细心? 你回去与她说,阿舅写她这一副,红纸丢了好几刀,叫她包个红包来!"

贞观一面摊了春联来看,一面笑说道:"别项不知! 要红包这还不简单! 回去就叫妈妈包来。"

舅、甥正说着,却见她三妗提一只细竹提篮进来,叫贞观道:"你来正好,我正要找人给你们送去;这个银安也是爱乱走,明明跟他叮过,叫他给三姑送这项!"

她母亲不会做红龟子,贞观从小到大,所吃的粿粽,全是母舅家阿嬷、阿妗做好拿去的;她三舅因看了提篮一眼,说她三妗道:"你不会多装一个篮子啊? 从前说是还小,如今可都是大人了;阿仲昨日站我身边,我才看清楚他都快有我高了;十岁吃一碗,廿岁也叫他吃一碗啊?你弄这几个,叫他们母子一人咬几口?"

她三妗讪讪有话,看看大信在旁,倒也不说了;贞观替她分明道:"阿舅,三妗昨晚还与妈妈说要多装一篮子,是妈妈自己说不要的!伊说:我们几个,愈大愈不爱吃红龟子,再要多拿,可要叫伊从初一直吃到十五了,……现时,红龟子都是伊一人包办!"

她三舅这才不言,却听大信与她三妗说是:"银安刚才好像有人找他,大概不会很快回来,这个我来拿好了——"

他说着,望一下贞观,又道是:"刚才,我还听见贞观说要包红包!"

她三舅、三妗听着,都笑了起来;贞观只笑不语,拿了春联,跟在他身后就走。

二人走至大街,大信忽问她:"你知道你自己走路好看吗?"

贞观低头道:"说什么呀,听不懂!"

"你还有听不懂的啊?还不是怕多给一个红包!"

"你真要吗?我不敢确定红包有无,我只知道家里的红纸一大堆!"

大信说不过她,只好直陈:"古书上说:贵人走路,不疾不徐……你走路真的很好看!就是行云流水嘛!"

贞观笑道:"你再怎么说,红纸也只是红纸。"

到家时,她母亲正在红桌前,清理她父亲神位上的炉灰,见着大信笑道:"你来了就好,方才我还到门口探呢,阿仲去先生那里,还未回来,我是等他回家,准备叫他过去请你来吃年夜饭。"

大信看一眼贞观,笑说道:"哪里要他请,不请自来,不是更好?"

说着,她母亲找出大小碟子,来装粿、粽,又叫贞观道:"这里有浆糊,你趁现在闲,先将春联贴起来!"

春联是除了大门口外，其他后窗、米瓮、水缸、炉灶、衣橱，都要另贴的小春联；小春联不外乎春字和吉祥话，是由她母亲向市街店里去买。

首先贴的大门，就是她三舅写的那副；贞观搬了椅子，由大信站上去，她在下面摊浆糊，再一款款，逐次递予他。

她母亲的人心细；前些年，她认为贞观姊弟还小，这贴门联的事，每年都是她亲自搬椅子上去的，因为怕别人贴不平，或者贴歪……是到这两年，她知得贞观行事，也才放心交她；血脉相续，贞观深知：自己亦是这样的细心人！她从不曾见过大信贴纸，然而她还是完全托付；实在也只是她对他的人放心。

门窗都妥，剩的家具这些；贞观找一张"黄金万益"的，贴在柜橱，找几张"春"字的贴水缸、灶旁，最后剩一张印着百子图的"百子千孙"，大信问她："这张贴那里呢？"

"后门。"

大信见她这样百般有主张，说道："其实不该贴后门！"

"那你说呢！要贴那里适当？"

"这款字样，应该贴一张到家庭计划推广中心去！"

贞观忍笑道："谁说的？我看哪里都不要贴，先贴你的嘴！"

贴好春节，才看到她弟弟回来；贞观问道："你去那么久！老师怎样了？"

阿仲说是："很好啊，他说他好几年未见着你，叫你有时间去坐坐！"

大信在旁问道："咦，你们怎么同一个老师呢？又没有同班？"

贞观笑道："我毕业了，阿仲才升五年级，老师又教到他们这一班来。"

她弟弟忽问她："阿姊，你记得我第一次给你送便当的情形吗？"

"记得啊!"

她五年级,他三年级;第一次给她送便当,阿仲不知该放在窗口,就直接走进教室里,那时候,全班正在考试,贞观正在算一条算术题——

阿仲自己笑起来:"方才老师就在说,我三年级时,他已经对我有印象;因为我把便当拿到你面前桌上,还叫了一声——姊姊,大概很大声吧! 而且你坐在第一排;老师说:看我极自在地走出教室,他当时很突然,因为他严格惯了,又是教导,全校学生都怕他。"

弟弟真的是可爱——贞观想起他这个趣事来:他幼稚班结业时,全校五班一起合照,阿仲在分到那张二三百人的大照片时,因费了好久才找到自己,天真地就在头上折了一下做记号,只怕往后也这般难找——

她想着又问他道:"你拿进去给我,是真不知窗口能摆,还是怕便当丢掉?"

"我看窗口一大堆的,是担心叠高倾倒,又怕你找不到!"

正说着,银安和银定兄弟进来。那银安是个大块头,六呎四吋高,长得虎的背,熊的腰,走到那里,人家都知道是三舅的儿子,因为是活脱一个影子:"啊哈,大信,你还坐着不走呀,你没看见贞观那个样子?"

贞观听说,望一眼大信,便直着问银安道:"我什么样子了?"

银安不说,将脸一沉,先扮个怪模样,这才笑道:"要赶人走的样子啊! 银定,你说是不是,我们一进来就看见了!"

银定不似父兄魁梧,眉目与她三姈,更是十分像了七分,然而还是生的一副好身量,好架式;他也一只眼睛,笑道:"我不敢说,贞观会骂我!"

贞观笑道:"我真有那样凶,你们也不敢这般冤枉我! 真的阿嬷说的:巷仔内恶——只会欺负近的。"

银安拍额道:"哇!落此罪名,怎生洗脱……银定,你怎么不去搬请救兵,快把银蟾叫来——"

银定笑道:"叫别人也罢啰,叫她? 她是贞观同党,来了也只会帮她!"

说了半天,银安才道是:"大信,你知道贞观刚才为什么那样吗? 她那眼睛极厉害,一看就知我们来与她抢人客——家里是要我们过来请你回去吃年夜饭;这下得罪了她,才把我们说成这样;我说她要赶人,是赶的我们,不是指你喔!"

大信笑道:"在哪边吃,不都一样? 我都与伯母说好了呢! 怎么更改?"

银安道:"三姑吗? 没关系,我来与她说——"

银安未说完,她母亲正好有事进来,笑着问道:"你要与阿姑说什么? 不会是来拉人客吧?"

"正是要来拉人客!"

"那怎么好?! 阿姑连他明早的饭都煮了。"

"——"

说到后来,兄弟二个亦只有负了使命回去;当下,贞观众人陪她母亲,二姨吃饭,言谈间,极力避免提到惠安表哥;他早在两个月前飞往美国,继续深造。贞观对他的印象愈来愈坏,因看着她二姨孤单,对惠安的做法,更是有意见。

饭后,众人回厅上坐,独是贞观留下来收桌子;她一只碗叠一只碗的拿到水槽边,待要卷起衣袖,却见着银蟾进来;"吃饱未?"

银蟾道:"吃饱又饿了! 等你等到什么时候?"

贞观正洗着大信吃过的那只碗,她一边旋碗沿,一边笑问银蟾:"等我怎样的事?"

银蟾将手中的簿页一扬,说是:"这项啊!去年给你赢了一百块,这下连利息都要与你讨回来!"

"掀簿子"是她们从小玩的;过年时,大人分了红包,姊妹们会各个拿出五元来,集做一处,再换成一角、贰角、五角、壹元不等的纸钞、硬币,然而分藏于大本笔记里,然后你一页,我一页的掀,或小或大,或有或无,掀着便是人的——

贞观笑她道:"哦,原来你有钱没处放,要拿来寄存,缴库呢,这还不好说?"

银蟾亦笑道:"输赢还未知,大声的话且慢说!——一人五十好不好?我先去换小票!"

"慢!慢!慢——"

贞观连声叫住她:"你没看到这些碗盘啊?要玩也行,快来帮忙拭碗筷。"

二人忙好出到厅前,正看见她大舅带的琉璃子跨步进来:"大舅,阿妗!"

"大伯,阿姆;"

"哥啊,小嫂——"

众人都有称呼,独独大信没有,匆忙中,贞观听见他叫阿叔,阿婶,差些噗哧笑出。

她大舅看看四下,又与她母、姨说是:"还以为你们会回去;那边看不到你们,我就和她过来看看;这么多年了,第一次能在家里过年,心内真是兴奋。"

她母、姨二人,齐声应道:"是啊——"

她大舅遂从衣袋里拿出几个红包,交予琉璃子阿妗分给众人;银蟾是早在家里,即分了一份,剩的贞观和她二个弟弟以及大信都有;她日本妗仔要分予她母、姨时,姊妹二个彼此笑道:"我们二个免了吧!都这么大人还拿——"

日本妗仔将之逐一塞入她们手中,笑说道:"大人也要拿,小人也要拿;日本人说的:不要随便辜负人家的好意——"

说着,只见她大舅又摸出两对骰子,且唤阿仲道:"谁去拿碗公?阿舅做庄你们押,最好把阿舅衣袋里的钱都赢去——"

大碗是贞观回厨房拿来的;这下兄妹、姊弟、舅甥和姑嫂,围着一张大圆桌娱乐着,除夕夜这类骨肉团聚的场面,差不多家家都有,本来极其平常,以贞观小弟十七八岁的年纪,念到高三了,犹得天天通车,在家的人来说,根本不能自其中感觉什么;然而像她大舅这类经过战乱、生死,又飘泊在外卅年的心灵来说,光是围绕一张桌子团坐着,已经是上天莫大的恩赐了。

几场下来,贞观见他不断地喝着,那神情、形态,竟是十五六岁的少年。

大信是与阿仲和一家的,贞观自然和银蟾合伙,两下都赢了钱,银蟾忽地问她:"这骰子是谁人发明?"

"不知道,大概又是韩信吧!所有的博局,差不多是他想出来娱乐士兵。"

大信一旁听着,笑说道:"不对了,独独这一项不是,是曹植想出来。"

才说着,又见银城和银安兄弟进来;他们是来请贞观母亲与二姨:"二姑、三姑,阿嬷等你们去玩'十胡'呢!说是:牌仔舅等你们半天了!"

姊妹两个笑着离座而起，临走叮了贞观一些话；她大舅还叫琉璃子道："你也跟水云她们回去，阿娘爱闹热！"

三人一走，贞观和银蟾亦换过小桌这边来起炉灶，把位子让给银安他们；簿子才掀两回，银城已偕了大信过来："哇，大信，贞观供了土地婆，正在旺呢，你没看到钱快堆到鼻尖？我们还是看看就好！"

贞观笑道："是啊，你还是少来！我这里有一本韩信的字典呢！"

正说着，银蝉也找来了，三人重新来掀，忽听银城问大信道："你要听贞观小时候的故事吗？"

"好啊！"

"她小时候，家里小叔叔喂她吃饭；嗯，七粒鱼丸的事你已经知道，再换一个来说——"

贞观已隐约看见簿页下面透着微红，正是一张拾圆券，她的手举在半空，还是不去掀，却骂银城道："你的嘴不酸啊？"

银蝉却笑道："怎样？怎样？要说就说呀！"

银城笑道："你慢高兴，连你也有份！"

这一讲，众人倒反爱听了；银城说道："贞观五岁时，不知哪里看来人家大人背小孩，回来竟去抱了枕头，要三婶与她绑到身背后——"

贞观起身要止，已是来不及，只见银城跳开脚去，一面笑，一面说："——银蝉看见了，当然也要学；一时家里上下，走来走去，都是背着枕头权充婴儿的小妈妈——"

银蝉早在前两句，就追着银城要捶；贞观却是慌忙中找不着鞋，只得原地叫道："银蝉，快打他，快打他！"

从头到尾，大信一直在旁看着，贞观等跂了鞋，要追银城时，回首才看清大信已笑得前俯后仰、眉目不分了。

3

大信在初三那天即回台北;贞观则一直要住到初九才罢休。

初七这晚,她陪坐在外婆房里,都已经十点了,老人仍无睡意;"阿嬷,你不困吗?"

老人望着她和银蟾,说是:"只再一天,你们又要走了;阿嬷就多坐一时,和你们多说几句。"

伊说着,牵起贞观二人的手,往自己脸上摩着;贞观在抚着那岁序沧桑的脸,忽地想到要问:"阿嬷,你会饿吗?"

老人尚未应,银蟾以另只手推她道:"会啊会,你快去弄什么来吃,菜橱里好像有面茶。"

老人也说:"给银蟾这一说,我才感觉着了;就去泡了来吃也好。"

贞观听说,返身去了厨房,没多久,真端来了三碗面茶;二碗在手,另一碗则夹在两手臂靠拢来的缝隙里;当下祖孙吃着点心,却听银蟾道是:"只是吃吗?好久没听阿嬷讲故事!"

贞观问她道:"我再去前厅给你搬个太师椅来坐不更好?"

银蟾于是扮了个鬼脸;她阿嬷倒笑道:"才吃这项,也不好实时入睡,阿嬷就说个短的——寒江关樊梨花,自小老父即与她作主,订与世交杨家为媳。可是梨花长大,看杨藩形容不扬,又是面黑如炭,其貌极陋,心中自是怨叹。等阵前见过薛丁山,心下思想;要嫁就要嫁这样的人。为此,移山倒海,上天入地地倾翻着,薛丁山因她弑父杀兄,看她低贱,才有每娶每休,前后三遍的故事。"

"后来呢?"

"后来是圣旨赐婚,加上程咬金搓圆捏扁的,才正式和合;在她挂帅征西凉,大破白虎关时,逢着守将杨藩,正是旧时的无缘人;梨花下山时,手中有各式法宝,身上怀的十八般武艺,在她刀斩杨藩、人头落地时,杨藩有血滴到她身上,怨魂乃投入梨花胎腹中,未几樊元帅阵中产子,在金光阵里生下个黑脸儿子,就是薛刚。"

贞观问道:"就是大闹花灯那个?"

"杨藩即是薛刚的前世业身,投胎来做她儿子,要来报冤仇;以后薛刚长大,上元夜大闹花灯,打死殿下,惊死高宗,至使武则天下旨,将薛氏一家三百余口,满门抄斩——"

这样寒冷的夜里,台北的大信在做什么呢,他或许读书,或者刻印;他走那日,还与贞观说下,要再刻一个"性灵所钟,泉石激韵"的章给她。

这样因果相循的故事,呵呵,可惜了大信怎么就听它不到——

第二天,各家、各户又忙着做节礼,因为初九是天公生,即佛、道两家所敬拜的玉皇大帝;贞观到入晚才回家来睡,为的明日又得早起上台北。

交十二点过,即属子时,也就算初九了,敬拜天公,是要愈早愈好,因为彼时,天地清明;贞观在睡梦里,听得大街隐约传来鞭炮声,剥、剥两响,天公生只放大炮,不点连珠炮,为的神有大小,礼有巨细;没多久,她又听见母亲起身梳洗,走至厅前上拜天地的悉数响声;未几,她大弟弟亦跟着起来。

贞观知道:阿仲是起来给母亲点鞭炮;伊的胆子极小的,看阿仲点着,还得捂着耳朵呢;从前父亲在前,这桩事情自是父亲做的,一个妇人,没了男人,也就只有倚重儿子了——

大信在这样天公生的子夜里,是否也起来帮自己母亲燃点大炮的引线呢？贞观甚至想：以后的十年、廿年，她自己亦是一家主妇，她要按阿嬷、母亲身教的这些旧俗，按着年节、四季，祭奉祖先，神明；是朱子治家格言说的："祖宗虽远，祭祀不可不诚，子孙虽愚，经书不可不读。"——

有那么一天，她也得这样摸黑起来参拜天地、众神，她当然不敢点炮竹——贞观多么希望，会是像大信这等情亲，又知心意的人，来予她点天公生的引信啊！

1

　　六十一年七夕，刚好是阳历八月十五日；上午十点，贞观还在忙呢，办公室的电话忽地响起来；银蟾在对桌那边先接了分机，她只说两声，就指着话筒要贞观听；贞观一拿起，说是："喂，我是——"

　　"贞观，我是大信。"

　　"啊，是你——"

　　"昨天傍晚到家的，你有空吗？"

　　"怎样的事？"

　　"晚上去看你好吗？"

　　"不是有台风要来！"

　　"不管它，我母亲说我一回来就带个台风回来。"

　　二人在电话里笑起；大信又说："我七点半准时到，除非风雨太大！"

　　挂下电话，一直到下班，贞观只不住看着窗口，怕的风太大，雨太粗；回家后，两人还一起吃了饭，等贞观洗身出来时，已不见银蟾；这样的台风天，不知她要去哪里？

　　其实，又何必呢，她与大信，至今亦无背人的话可说；贞观喜欢目前的状况，在肃然中，有另一种深意——大信从前与廖青儿好过，促使他们那样热烈爱起的,除了日日相见的因素外,还有少年初启的情怀——那种对异性身心的好奇与相吸。

大信因为有过前事,以致贞观不愿他二人太快进入情爱的某一种窠臼;她心里希望他能够分出:他待她与廖之间的不同,她是要他把这种相异分清楚了,再亲近她——

大信不仅知道她的意思,他更要贞观明了:我今番与你,较之从前与那个人的好,是不一样的……精神是天地间一种永恒的追求!

二人因为都持的这类想法,遂是心照不宣起来。除了这些,大信其实还有苦情。

他现在身无所有,虽说家有产业,然而好男不吃分家饭,他有自己做人的志气。

大信原先的计划,是放在深造一途,怎知半路会杀出个贞观来;所有人生的大选择,他都在这个时候一起碰上。

贞观是现在才开始后悔:自己当初没有继续进学校,她要是也能出去,一切也就简单,好办;大信是骄傲男子,他是要自己有了场面了,再来成家——如今给她承诺吗,这一去四年,往后还不知怎样;不给她承诺,别人会以为他的诚意不够;贞观再了解他,整件事情,还是违了他的原则本性。

然而,以他的个性,也绝没有在读书求进,不事生产的时刻,置下妻小,丢与家中养的……剩的一条路就是:再下去的五年感情长跑!

男子卅而立不晚,可是到时贞观已是廿八九的老姑娘,生此乱世,他真要她不时战兢,等到彼时? 这毕竟是个动荡的时代啊!

所有大信的这些想法,贞观都理会在心的,更有一项是她还了解:感情不论以何种方式解释,都不能有拖累和牵绊。

想来想去，贞观还是旧结论：如果她是好的，则不论过去多少时间，相隔多少路程，他都会像那本俄国小说说的——即使用两膝爬着，也要爬回来。

不是吗？在这样一个大风雨夜里，他仍然赶了回来；不仅是鹊桥会，牛郎见织女；不仅大信是七巧夕夜生的，更重要的是：他们就相逢在这个美丽的日子里。

门铃响时，贞观的心跟着弹跳了一下，多久未见着他了，过年到现在，整整六个月；她理一理裙裾，也来不及去照镜子，就去开门了。

门甫开，大信的人立于灯火处；明亮的灯光下，是一张亲切、想念的脸——

"请进来。"

大信不动，笑道："银蟾不来列队欢迎吗？"

"很失礼——"

贞观佯作认真道："银蟾出去了；不过我可以先搬椅子给你这儿坐着，等她回家你再入来。"

她说完，回身要搬，大信已经跳过门槛来了，二人回客厅坐好，大信又探头出窗，说是："从前，我们都在对面吃饭的，真是——重来已非旧衣履。"

贞观端来一杯茶，先放在他面前，这才笑道："你真要感慨，也还不止这些！"

"你说呢？还有哪些？"

贞观坐在他对面，两手的食指不住绕圆圈，想想说是："你自己才知呀，我怎么知道呢！"

她说着，笑了起来，大信见此，也只有笑道："对啊，我还想：怎么你不及早住到台北来，要是从前你也住这里——"

"欲怎样?"

"就可以天天给你请客了!"

二人说不到廿分钟的话,大信已经提议出去:"我们到学校走走好吗?"

"——"

贞观无言相从,随即进房去换件红、白细格洋装,心里欢喜他这种坦荡与光明;临出门时,她才想起有雨,遂又拿了雨伞。

学校就在巷口正对面,贞观为了找弟弟,曾经几次和银蟾来过;然而那种感觉都不似今晚有大信在身边!

大门口,进出的人不断;大信则是一跨入即有话要说:"虽说毕业了,奇怪,感觉上却没有离开这里,不时做梦会回来,你说呢!"

贞观笑道:"是这里的记忆太多,所以灵魂舍不得走;我祖母说的,灵魂会认得路,人入睡以后,它会选个自己爱的地方,溜溜飞去,不到要醒时,它也是不回来。"

大信笑道:"你这一说,我倒是恍然大悟了,我是人毕业,灵魂未毕业。"

二人又是笑,经过校钟下,大信又说:"刚进学校时,我们都希望有天能敲这钟一下,四年下来,也没如愿。"

"可以拿小石子丢它一下呀!"

"好像……有些野蛮!"

走过椰林,大信忽地停下来:"你看这些树!! 白天我来过一趟,看到工友爬楼梯上去给它们剃头,做工友有时还比做学生好,因为四年一到,不必马上离开。"

台风天的天气,像一把极小的刀,划过肌肤,皮下同时灌入大量的水质；人浸在凉意里，也就变得通体透澈。二人走过操场，因看见前头有集训班的队员小步跑来，大信乃道："你听见他们哼歌吗？要是再年轻一些，我也跟他们唱了！"

贞观笑道："是啊，年轻一些；也不知你有多老了？"

大信其实已经轻轻哼起："思啊想啊起，落雨洗衫无地披；举出举入看天时——"

贞观忽说："我正想送你一张唱片呢，怕你那边地老天荒的。"

"好哇，我那边只有一张唱片，我只带那么一张去！"

两人同时意会出某一桩事来："你要送怎样的唱片？"

"你带去的是什么样的？"

也是在同时，答案像雨点敲窗，像风打着身子的拍击有声："怀念的台湾民谣。"

停了好久，似乎再无人说话；一路上不断有练跑的人擦身而过，贞观静走一程，才感觉雨又下起，台风天的雨，是时有时无的。

她撑开伞，才看到身旁的大信正手忙脚乱；这人拿一把黑色自动伞，本来一按就可撑起，却不知为了什么的，忽然作怪起来；雨愈下愈大，大信的人在雨中，伞还是密合着。

贞观无声将伞移过他的头上方，女伞太小，她的右肩和他的左肩，都露出伞的范围，然而相识这么久以来，二人还不曾有过这样挨近的时刻。

水银灯下，贞观望着他专注修伞的脸，忽想起几日前，他寄给她的那本《长生殿》；书的后两页，有他所写《礼记·昏义篇》的几个字——敬慎重正而后亲之——好笑的是他还在旁边加了批注：经过敬谨、隆重而又光明正大的婚礼之后，才去亲爱她，是礼的真义。有的人是习惯作眉批，有的则只是信手写下，更有的是喜欢某一句话时，身边因只有那本书,就拿它记着了;然而大信都不是。

贞观相信:今晚之后,人生对他们是再也不一样了!

2

第二天,果然是个飞沙走石的日子;银蟾一早起,看看窗外,说是:"这样天气,怕不是要放假吧?"

贞观昨晚十点回家,一进门,她已经睡了,这下逮着自然要问:"昨晚你去哪里了? 刮风下雨的还乱跑!"

"和那个郑开元出去呀! 这个人什么都好,就是出现的时间不对!"

"他哪时来的? 怎么我不知!"

"你人在浴室,我骗他说你和朋友出去,他本来还要坐一下,我只好说我头疼,这一来,他只得带我回去拿药;嘻嘻,药包全在这里!"

银蟾将青纸包的药剂在她面前晃了一下,然后对准字纸篓丢进去,又说是:"这人其实也是不能嫌的——你很难说是他哪里不好;可是世间事又常常这样没道理可说! 唉,一百句作一句讲,就是没缘。"

贞观说她道:"哪有你说的这么复杂? 他是大舅、阿姈的朋友,自然是我们一家的人客,有时间来坐坐、说话,也是常情;你不可乱说!"

"既然这样,下次他来,你再不必拿我作挡箭牌!"

"我跟他没说话啊;每次他讲什么,我都只是笑一笑,我是怕他难堪。"

她日本妗仔在过年前后,看到她和大信一起的情形,大概明白了什么,自此,贞观不会常有遇着郑开元的巧合了;倒是那人偶尔会来闲聊,还告诉贞观这么一句话:我今年卅了,走过一些地方,也见过一些人,可是我所认识的女孩中，没有一个你这样的类型——

银蟾又问道："你心当然是光明，可是他怎么想法，你知么？"

"还不失是个磊落的人，其他的就与我们不相干了。"

吃过早点，贞观又换了衣服，出来见银蟾还不动，说她道："你还坐啊？都要迟到了！"

银蟾本来是缩着一只脚在看报纸，给她一催，只得站起说是："跟你说放假你不信，我打电话问大伯——"

她的话尚未说完，人已走向话机，然而当二人的眼神一相会，银蟾忽作悟状道："好，好，我去换衫，三分钟而已！"

她是从贞观的眼里知会意思；别人或者放假也罢！我们可是自己，是自己还能作旁观啊？

你就是不去看看，坐在这里反正不放心；办公室那边的档案，资料也不知浸水没有——

二人从出门到到达，一路真的是辛苦、患难；出租车开进水洼里，还差些被半空掉下的一块招牌击中。连那车都还是站在风雨中，招了半个小时的手才拦到的。公共汽车几乎都停驶不开；下车后，银蟾还被急驶而过的一辆机车溅得满裙泥泞。

偌大的办公室，自一楼至三楼，全部停电，贞观自底层找到最上，只看不到她大舅，问了总机才知是去业务部门巡看灾情和损失。

没电没水，一切都颓废待举的，电话却仍然不断；五个接线生才来一个，贞观二人只得进总机房帮忙。中午，琉璃子阿妗给众人送来伊自做的寿司，又及时打出一通时效性的国际电话，到午后三点，一切的狂乱恢复了平静，众人又清洗淤泥，待百项完妥，才分道回家。

贞观本来却不过琉璃子阿妗，要跟伊回临沂街吃晚饭，怎知银蟾说是："你去好了，我这身上下，不先回去洗浴，也是难过，就别说吃饭了。"

琉璃子阿姈拉她道："阿姆那里也有浴室，还怕你洗啊？"

"洗是洗，衣服不换等于没洗；阿姆的内衣外衣，也无一件我能穿！"

说半天，二人最后答应明日下班去一趟，日本姈仔才放她们回住处。

一回来，贞观还去洗了脸，银蟾却连脱下的凉鞋都不及放好，就栽到床上睡了；二人衫未换，饭未吃，蒙头睡了它一场，也不知过去多久——

贞观忽地自睡梦中醒来，像借尸还魂的肉身，像梦游症状的患者，脑中空无一物的被某种力量牵引着，她一直睡眼朦胧地走到大门前才住。

贞观的脚步一停，人就站住了门扇前看，其实她整个心魂还是荡荡悠悠的，她根本还在睡的状态未醒；大门是木板的原色，房东未曾将它上漆；门扉正中有个圆把手，贞观看了半下，仿佛醉汉认物，极尽目力之能；奇怪呀，那镀铜的圆圈如何自己会转，真的在转嘎——她"啪"的一声，开启了门。

是连自己都不很相信的——而这眼前景况所给予人的惊异与震撼，大到足以令醉汉醒酒；因为她看到大信站在面前："啊，是你——"

二人一下都说不出话来。

"你——"

略停，贞观笑道："怎么你不按门铃？"

"我先摸了把手，才要按门铃，你已经开了呀！"

贞观这才相信她外家阿嬷的话无错！灵魂真的会飞；身心内有大事情时，三魂七魄会分出一魂二魄赶赴在前，先去与己身相亲的另一具神魂知会，先去敲她性灵、身心的窗——

刚才她睡得那样沉,天地两茫的,却是大信身心内支出来的魂魄,先奔飞在前,来叫醒她;他的魂自然识得她的。灵魂其实是任性的孩子,每每不听令于舍身,它都拣自己爱去的地方去——

　　他于她真有这样的亲吗? 在这之前,她梦过大信在外的样子和他在台北的老家,这两处她都未曾去过,灵魂因此不认得路,极尽迂回的,才找着他。

　　"你……不大一样呢! 怎么回事?"

　　"才起来;三分钟以前,还天地不知的! 莫名其妙就起来开门——"

　　大信看一下腕上手表,叫道:"我到门口时已经七点半了;哇,老天,你还未吃饭? 走吧! 顺便请你喝柠檬水。"

　　"不可哪! 得等我洗了身……"

　　"好啊,我就在这里看月色!"

　　户外的天井,离的浴室,约有十来尺,贞观收了衣物,躲入浴间,一面说:"对不起,罚你站;银蟾在睡觉,我很快就好了。"

　　十分钟过,贞观推开浴室的门,看到大信还站在那里;她换了一身紫底起小白点的斜裙纱洋装,盈盈走向大信,笑道:"有无久等?"

　　"有!"

　　"该怎么办?"

　　"罚你吃三碗饭!"

　　二人才出门,大信开始管她吃饭要定时,而且只能多吃不能少吃:"一餐吃,一餐不吃的,胃还能好啊? 巷口这么多饭馆,你可以包饭啊!"

　　"——"

　　贞观一路走在他身边,心内只是满着;大信从来不是噜苏,琐碎的人,他的一句话是一句话……吃过饭,二人又往白玉光走;白玉光隔着校园团契一条街，只要出巷口几步，即可走到；贞观脚履轻快，却听这人又说："你那边没唱机，怎么不叫阿仲动手做一个，电机系的做起来，得心应手——"

"——"

"学校活动中心，常常有音乐会，你们没事可以常去——"

什么时候，大信变得这般爱说话？贞观一直到跟他坐上冰果室二楼的椅子，心下才想明白：是亲近一个人时，人就会变得这番模样——刚才进来时，她是跟着他身后，贞观见着他英挺的背影和肩膀，只觉世事的一切，都足以相托付；他穿一件深蓝长裤，青色布衫……这样刺辣辣的配色，也说不出它好看、难看。

这人反正只将时间花在思考与研究，他哪有时间逛街，好好买它一件衣服？

二人面对面喝完果汁，大信始将他手上的大牛皮袋弄开，自内取出一小一大的装订册子来，且四四正正，将之放于她面前。

"这是什么？"

"你看啊！"

贞观动手去翻，原来是他手刻的印谱："从高中开始，刻的图章、印鉴，全收在这本大的上面——"

"——"

"小的那本是班上的毕业纪念；我刻了稼轩词，戳盖于上，化学系的同学，一人一册……

你说好不好呢？"

"——"

贞观点着头，一页掀过一页，掀到后来，忽地掩册不语了；大信忙问:"你——,怎么了?"

贞观抬起眼来,又快乐又惆怅地望了大信一下,说是:"我不要再看下去了……"

"为什么?"

"再看,就不想还你了!"

"哈——"

大信抚掌大笑道:"你别傻了,本来拿来就是要送给你的!"

贞观的心一时都停跳了,血潮一下涌至其上;她停了半晌,才又问:"那你自己……不是没有了?"

"我还有一本——"

贞观的头低下去又抬起来:"它这么好……怎么谢你?"

"谢反正是谢不完,那就不要谢了——"

大信说这话时,眼睛是望着她的;在这几秒钟内,二人的眼神会了个正着……

是短短的一瞬间里,贞观懂得了前人何以有"地不老,情难绝"的慨叹;她移了视线,心中想的还是大信的形象。

啊,他的鼻子这样端正、厚实,他的两眼这样清亮;天不可无日月,看相的说:眼为日月,是日月不可不明;眼神黯者,不好,眼露光者更不好,因为两者皆败事;心术不正的人,是不可能有好眼神的,好眼神是:清澈而不迷蒙,极光而不外露……另外还有他的嘴,哈,这么大的嘴,吃一口抵三口;贞观不禁笑了起来:回家后,就画一张阔嘴男孩的漫画,等他回澎湖再寄给他——

"你笑什么?"

"不与你说!"

"君子无不可说之事；其实你已说，你的眼睛这样好，天清地明的，什么都在上面！"

"啊——啊——啊——"

贞观举手捂眼，然后笑道："不给你看了。"

却听大信笑她："你还是没藏好！哇，看到鼻子了，也看到嘴巴，你的嘴巴这么小，怎么吞七个丸子？"

贞观迭的收了手，目笑道："吞七个丸子也不稀奇！有人能塞一只鸡呢！"

"哦——"

大信称奇道："真有这样大嘴巴的人吗？"

他这样说着，当然知道贞观说的自己，倒也"呵呵"不住的："你去过故宫吗？"

"无！"

"这个月排的是古玉展，我想去看，你要不要也去？"

"好啊！君子如玉，当然要去！"

大信笑道："那——星期天我来接你；你几点起？"

"五点！"

"五点？——"

大信咄声道："彼时，鸡还未啼呢；台北的鸡也跟人一样晏睡晏起的——"

贞观原意是开他顽笑，这下坦承道："没有啦，跟你闹的——"

"呵呵——"

大信说得笑出来："我就知道！"

贞观手上正拿的一串锁匙，有大门的，房间的，办公桌的，铁柜的；

她哦的一下,将锁匙链子整个荡过去,轻打了大信的手背;大信缩着手,装做被打痛,等望一眼贞观的表情,马上又好笑起来。

3

这日八月廿,正是星期天。

八点正,大信准时来敲她的门;贞观一切皆妥,只差未换衣裳,她歪在床上想:西门町到公馆,坐公车要廿分,扣去等车的时间,大信得几点起啊?!他会不会迟到,公车的时间很难按定它,因为得看上、下的人多少——

大信第二次敲门时,贞观才噫的跳起来,开门探出半个头去:"你这样早?"

"岂止是呢,我还在楼下晃一圈,才上来的!"

"你看到银蟾了?"

"是她给我开的门!"

"请坐一坐,我就好了。"

十分钟过,当贞观再出现大信的眼前时,她已是白鞋、白袜、白衣衫的一个姑娘,只在胸前悬只镂花青玉坠,正是她外婆给的金童玉女。

白洋服和半打丝袜,都是琉璃子阿妗上月返日本之后给的,贞观从有这袭衣衫开始,一直未曾穿它,她如今是第一次穿给大信看。

果然她从他清亮的眼神里,捕获到新的一股光辉,像灶里添柴之后,新烧出来的热量:"不敢相认了——"

大信说这话时,有一种端正,一种怯意;说怯意其实不对,应该说是羞赧;然而说羞赧,却又是不尽然,贞观仍问道:"怎么讲呢?"

大信略停一会,才言是:"不是有'直见性命'这样的事吗?"

贞观不语;大信又说:"晤见本身时,人反而无主起来,变得不知前呢! 后呢!"

贞观不知羞呢,喜呢,只佯作找银蟾,浴室、厨、厕、房里,真个没有;"你几时见银蟾的?"

"七点五十九。"

这厮果然又早她一步出去;二人只得关门闩户的,走出巷口,到对面搭车;一过斑马线,正是"博士"的店门口,大信忽地喊住她道:"你小等,我去买支原子笔。"

贞观点点头,看他开步而去,未几又回,于是问他道:"那个小姐还认得你么?"

"哪个?"

"你从前天天买橡皮,人家以为你——"

"哦——"

大信笑出来:"除了老板,其他都是新面孔,也许走了。"

他说着,将笔放入口袋,贞观这才看见袋中静躺的几张折纸;每次见面,他身上都备有这二项,是有时说着什么了,还要画两笔给对方看,贞观每每写下几行字,他都是小心折好带回去——

快到站牌了,大信又说:"我去买车票——"

"等等——"

贞观喊住他;她正从小皮包里摸到一张阿仲的学生定期票:"你和他满像的,就用这一张!"

大信郑重道:"学生时代,偶尔调皮一下,可是,革命军人,不可以这样的——"

199

如果地上有个洞，贞观真的会钻进去，她怎么这样欠考虑呢；等大信买票回来，贞观的脸还是红的；他怯怯道是："大信，很对不起你；我真不应该——"

　　大信笑道："其实换我做你，大概也会脱口而出，拿妹妹的车票给你坐呢！你别乱想了——"

　　零南的老爷车，一路颠颠倒倒的，贞观坐在大信的身旁，偶尔拿眼望一下他的侧脸；他今天穿的白上衣，细格长裤，远看、近看，都是他这个人在放大着——对面坐一个抱书的妇人，正闭目养神；大信轻声与她说："她是系里的老师——"

　　"嗯——"

　　"还好没给她认出来！"

　　她闭着眼睛嘛！咦，你这样怕先生？"

　　"有什么办法？她看了我们就要传教，我们看了她就要跑；是躲起来——"

　　贞观噗哧这一笑，对面的妇人因而睁眼醒起；贞观不敢看她，只得低下头。

　　等她偷眼望大信时，看他极其自在，于是小声问道："你给她认出来没有？"

　　"好像尚未——"

　　正说着，车子正转过小南门，大信趁此起身拉铃，没两下，二人都从前门下了门，"怎样？"

　　"好险！"

　　二人笑着走过铁道，来到中华路，正有一班大南2路的开来；贞观上了车，大信跟着上来，坐到她身边；他带着一本水彩画页，沿途翻给她看，又说又指的："帮你认识台北；这是圆环，这是延平北路的老房子，这是基隆河——"

贞观笑着帮他翻纸页；偶尔手指头碰着了，只好缩回来；翻完画册，大信问她："你喜欢台北吗？"

"现在……还不能回答！"

大信小住又问："卅年后，你写台北，要写哪一段呢？"

"____"

贞观没说话；她心内想：大信，你不知道吗？ 不知眼前的这一段，岂止的卅年，我是永生永世都要记取的；你为什么还问呢！ 当真你是呆子？

然而，当她一转思，随即又在心内笑起：看你这人！ 你岂有不知的？！ 你这是水中照影，明指的自己嘛！

"不说吗？"

"嗯，不说，一百个不说！"

车子转弯时，远远即见着故宫了；大信问她道："看到没有？ 你感觉它像什么？"

"紫禁城！"

下车后，大信替她拿过小金线珠包，极认真地研究一番，说是："你们女生的道具太多；这是哪里买的，满好看——"

贞观撑起粉红绣花阳伞，笑道：

"哪里也买它不到，这是我一串金珠一卷线，钩了两个月才钩好的！"

二人沿着台阶而上，大信只不替她撑伞，贞观一走一拭汗，走上顶点才想起他目前的身份。

到了门口，大信掏钱去买票，然后哄她道："你看，人家外头挂了牌子,阳伞与照相机不可携入！"

"在哪里？写在哪里？"

贞观收了伞,近前来看门口的黑漆铜字;说时迟,那时快,大信忽地抢过她的伞,溜的一下进了入口;贞观尚未分清楚怎样一回事,他已站在里面对着她笑。

怎样活脱的一个人！他偏是不说要帮着拿伞,他就是这样灵动,这样贴心！

馆内是五千年来中国的荡荡乾坤;黄帝、尧、虞舜、夏朝、商殷;直到东西周、秦、两汉……而后隋、唐;那些遥远的朝代,太平盛世间错着乱世,全都回到眼前,近在身边了。

贞观每柜每橱,逐一细看;大信则挟伞于腋下,一面拿纸掏笔,以文喻,以图解的。

"看到否？那是鱼跃龙门;前半段已化龙身,后截还是鱼尾巴……"

"嗯,嗯,鱼尾还拍着呢！"

"这是白菜玉！"

"真亏他怎么想的？"

"这是五花肉,看了你一定肚子饿！"

"胡说,我不敢吃肥的！"

逛完水晶球,二人又挤到如意这边来;大信问她道:"我来考考你,那物作何用处？"

"奏板啊——"

贞观是十分把握:"臣子上朝面圣持的！"

"才不是——"

大信笑她道:"呵呵,考倒了！"

"不然——你怎么说!"

大信笑道:"你说的是笏;如意是用来搔痒的!"

贞观叫道:"骗人!骗人?!怎么可能呢,差得几多远?!……你是不是又来骗我了!"

大信笑道:"这个不行骗人,你想想它的命名,很容易了解的事。"

贞观想着有理,却又疑心道:"我……反正不能想象,奏事何等正经,却说成这样用途!"

"搔痒也是正经啊!"

"好,你慢些说,待我回去考证!"

争论无结果,等出了故宫,已近午后一点;二人同时回首望着,大信忽问她:"进去到出来,有何感想?"

贞观慨然道:"原先只道是:汉族华夏于自己亲,如今才感觉:是连那魏晋南北朝,五胡乱华的鲜卑人都是相关联——"

大信还带她在附近吃了面食,二人才搭车回台北;车上,他哼着歌,一曲连着一曲;贞观坐在他的右侧,看着他半边的脸。

他的眉毛浓淡适中,眼神最是清亮,眼白中的一点小红丝,还是这大半天才看出来……

心好,相貌好,聪明,忠厚;这些还不足以喻大信的人,贞观最看重他的是:他长于繁华,而拙朴如是;文采之中更见出本真与性情;你看,他穿这样一件布衣,袖口随意一挽,腕上载只怪手表。

"你看,我这手表是不是很难看?"

"大概是吧?"

大信以手触额:"老天!第一次给自己买东西就这样?家里那些妹妹全叫难看死了!"

"其实——也不错——"

"好,再问你,你知道指南宫吗?"

"知道!"

"去过吗?"

"去过——月初时,和银蟾陪琉璃子阿姈去的;阿姈没吃过斋饭,三人专程去吃!"

大信忽问:"你相信我去过指南宫烧香吗?"

"——"

贞观不语,停了一下,她开始怪他道:"你为什么要去那里呢? 听说去了就会坏姻缘,怪不得你们会分手,你怎么带她去呢? 真是的——"

大信却是捧腹笑起:"呵呵,我去过没错;我是跟我祖母去的——"

"啊——你——"

贞观小嚷着,一面握着拳头在半空作捶打状,嘴儿全咬得红了;大信笑道:"好,好,不开玩笑了。"

二人在西门町下来,转乘欣欣 7 路的车;回公馆已经三点一刻;大信问她:"累不累,是不是要休息了?"

"还好——"

"去吃点水果吧! 晚上就不能出来了——"

"……"

"明天八点的飞机;一大早就得起来! 东西都还未收!"

"……"

贞观木然跟他走入白玉光,假日的午后,这儿的生意反而清淡。

扩音机正放着《锣声若响》的歌,前头刨冰的小妹,正咿唔乱哼:

日黄昏，

爱人仔要落船，

想着心酸，

目睭罩乌云；

有话要讲尽这瞬；

谁知未讲喉先填；

情相累，

那会这样呢？——

船灯青，

爱人仔在港墘，

不甘分离，

目睭看着他；

————

歌曲播完，贞观亦把西瓜吃尽；对面的大信，以刀叉拨数黑籽，一面说："没吃过这样难吃的西瓜，你的呢？"

"大概不比你的好多少！"

"好，再叫两杯柠檬水！"

"……"

喝着柠檬水，二人只是静无一语；汁液从麦管进入食道，杯里的水，逐次少了，二人仍旧相坐对看："你想过没有？刻印的人，他的字是颠倒写的！"

"嗯，你这一说，我才想的！果然是这样！不然正的写，图章反而不是了——"

大信笑着取出纸、笔,当下反向写下自己的名、姓:"我的名字,很好刻——你的,也很好刻!"

他说完,就在那三个字旁边,又写下她的名姓……

像突然有一记拳头打在心上,贞观望着并排的六个字,只是怔忡起来。

要说就去说与清风,要诉就去诉与明月。

廿四年前,南、北两地,两个初为人父的男子,一后一前,各为自己新生的婴儿,取下这样意思相关的名字,贞观、大信,大信、贞观;女有贞,男有信,人世的贞信恒常在——《礼记》教人:父死不再改名,因为名字是父亲取给的——

此刻,贞观重思她对父亲的无限敬意与感恩;父亲们彼此未尽深识,各分两地,却有这样的契合,而今日,她得以与大信成知己……

贞观捏着手巾,待大信折好那纸,重行放入衣袋的当时,偷偷拭去眼眶边的一滴小泪。

1

贞观：

透早就去赶飞机，机场老是有一堆人，好像坐飞机不要钱的样子；临出门，祖母还这样问我：你什么时候再回来呢？我只好说：下个月再看看——老人家就很欢喜了。其实，真要回台北那样频，薪饷袋干脆写：请刘××转交远东航空公司收——好了。机上供应早餐，可是，此家航空公司的英文代号，FAT，乃肥也胖也，许多小姐、太太，看着看着，也就吃不下。

回来一切都好，邮差来收信了；简此匆匆，你的如意考证得怎样了？

大信

信尾画一只肥嘟嘟的飞机，表示不胜负荷；贞观接信当时，立即提起笔来，一面笑，一面给他回信。

大信：

以下文字出自《世说新语》释义，请参考："如意出于印度，

其端作手指形,亦有作心字形者,以骨角、竹木、玉石、铜铁等
为之,长三尺许,记文于上,以备遗忘,兼有我国蚤杖及笏
之用。"

怎样?二人各持一说,争论不已,如今孰是孰非,你自己
讲吧!我也不会说!(懒得说)

祝

好

贞观

大信,我忽然想离开这个世界一下。

后面加的那一句,有些莫名其妙;贞观的意思是:你走了,我忽想把
现世人身的这一切告个乏,请个假,做个段落,也跟你去一遭……

谁知这样一句话,急得大信连连追来二封信,全是红签条的限时
快递:

贞观:

今晨在海边拣了一碗钟螺,炒了一炒,正好给兄弟们
佐饭。

才写了上面一段,忽地接到你的信:你不是跟我一样
吗?愈是困境,愈不愿就此谢幕,遁形;怎地忽然悲观
起来?

赶快给我回信吧!即使随便写几字,我才能放心!

如意一项,早在意料之中,我就知道二人不会相差太远,
反正殊途同归,所指一也!(真是兴奋事)

208

快些回信吧！

　　　祝你

快乐。

　　　　　　　　　大信

第二封是大信等二日过，见她无回音，又追着后面赶来的：

贞观：

　　我这里有本极好的书呢！要不要看？（包你喜欢）要借可
以，有个小条件：你得先给我写信！

　　昨天看棒球转播录像；世界少棒冠军——台北市队。这
下走到街上，手舞足蹈的，恨不得胸前、背后，挂个牌子，大书：
台北市人——才好。

　　刚刚收到留美同学的二封信；美国是个神秘的异乡（英文
则颇似五胡乱华时，南方、北方争着相学的鲜卑文），生活其中
的中国人，又是另一种特异的新种族（就是红楼梦里说的——
反认他乡做故乡），像是浮萍、落地生根和思乡草的混合——

　　看他们的心在故乡与异国之间拉扯，我不免会想：是一定
要出去吧？

　　十月底有场考试，想来是考不考也没什么关系，出不出
去，也不怎样，如果能找个心安理得的理由，我就不出去！

　　　　　　　　　大信

贞观一看信，顾不得什么，提笔就写：

大信：

怎么可以不考呢？不考并不是花了报名费几百元的事，不考是你轻易辜负了世间人；琉璃子阿妗说：不可以随便辜负一个人的；你想想：那个出题目的人，那个为你划座位的人，那个寄准考证给你的人，那个为你送达证件的邮差；是有多少人的意在这个行为里；书上说体天格物，你忍心吗？

好好准备，好好读书（读书为了报国）；不给你写信了！

祝

高中

　　　　　　　　　　　　　　　　　　　　　贞观

信尾她本来还写下"言念君子，温其如玉"几个字，后来细想，又将它划掉，划掉这且不算，因为字还看得见，她于是拿了剪刀，按着形状，剪下一个小长条；这下信纸破了孔，她还是把它寄了。——

贞观原先想：就等十月底再说吧；谁知第四天，大信又来一封：

贞观：

今晨在枕上得一联：一年容易；千载难逢。

一年自是容易过；往下的一年，也要像这么快就好了，人生旅途中，最最遥远的，常常是现前的一切！

许多事情，我是自你起，才开始想的。

书应该照前约寄与你，可是你知我所谓的（好书）是什么？只是几本化学书籍，你当然不爱看，我是情急之下逼出来的"计谋"，你不见怪吧。

这两日澎湖多云时不晴，听说台北大风大雨，从很激动的
浪花，看得出来。

　　祝

愉快！

　　　　　　　　　　　　　　　　　　大信

　　又：有件事对你颇不满；为什么你总是把最好看的剪下
来，留给自己看？

2

　　十月廿九日，大信请假回台北考试；到隔天，他还打了电话约贞观
在"双叶书廊"见面——

　　贞观那晚是灰鞋、灰袜、灰裙子，上身是红衫翻白领，她到达门前
时，大信早站在架前翻书；他背着她，白袖子微卷起，穿一件梨色灯芯绒
长裤；贞观悄立身后，看他这身上下，心想：果然进益了——

　　那天因为是他父亲生日，两人只说话到九点，大信即匆匆赶回去；
他送贞观回门口时，还与她说是"回去我就写信来！"街灯的柔光下，立
在眼前的，是大信这个诚挚男子，然而不知为什么，贞观的心忽变做沉
冷：她预感自己会好久，好久，再不能见着他了。

　　往后两个月，贞观再无大信的任何讯息，日子如常一天天过去，她
奇怪自己竟能够从其中活过来。

　　从早到晚，从朔到望，那一颗心哪，就像油煎似的；以油煎比喻，并
无言过，那种凌迟和折磨，真个是油煎滋味！

　　元旦过去十日了，大信甚至连一个字，一张纸都无……

她再不要这般苦苦相等了；贞观开始一张张撕去他那些信：活了廿四年，生命中最宝贵，贮藏在至隐秘，至深处，性灵内的东西，她竟然可以撕毁。

一张下去，又是一张；人生的恒常是什么呢？原来连最珍惜，最挚爱的东西，都可以负气不顾了；她这样想：大信自然是懊悔；他人生的脚步原不是跨向她的，他只是途合，是半路上遇着的，二人再谈得相契，原先的路也不能因此不走——

爱是没有懊悔的，有懊悔即不是真情；过了这些时了；贞观还是年轻、负气，她想：这一份情感，要是变做负担，她真可以把它信手毁掉！

然而，情又是这么简单的事吗？她和大信彼此互相印证了自己和对方多深……

撕过的信，错叠成一堆，乱在桌上成几处小丘；她已经心酸手软，而完好待撕的，还有三五束……

贞观的眼泪，像雨点那般纷纷而下；她找来水胶与透明纸，沿着纸笺断痕，一处一隙的，又将它补缀起来；字纸渗着泪，湛成暗黄的印子，层层、重重，半透不透——

惨情如此，她犹是想着大信的做人；这纸笺是他自家中带去自裁的，他说外头的纸质粗糙。

贞观寻了小羊皮夹织锦布的一个蚌形荷包，将余下碎不可辨的纸纸、屑屑全收了进去。这蚌形皮包是大信从前替她拿过的，上面有他的手泽……

　　　　人生有情泪沾臆；
　　　　江草江花岂终极。

就让他去吧！让他去自选；大信是世间聪明男子，他有他的看法和决定，他所坚持的，该也是她的认定吧！他一定有一个最好的方式，来处理人生中的举凡大事。

就在这样身心倒悬的日子里，贞观接获自高雄寄出的一封陌生信：

贞观小姐：

吾于退伍之际，受大信嘱托，务必于返台之后，立即去信与你，为的是深恐贵小姐有所误会……

大信请假期间，因单位内失窃公物，致所有人、事，一律待查，此为公事，不必明告。

今详情已知，唯其身体忽转不适，故仍静养之中，待其康复，当可返台一趟，届时当可面告一切，惟请释怀与宽心。

耑此；即祝

安好

张瑞国

信初启时，贞观还长长吐了一口气，等看到后来，人又焦心起来，是放了一颗心，另一颗心又悬了起来，也不知人到底生有几颗心……

怎样的大病呢？那个地方，举目无亲的……

一天过去，二天、三天、五天……贞观是夜夜噩梦，到第六天，她再坐不住了；她终于鼓足勇气，照着大信留下的信封袋，试拨电话与他母亲；她这边断消息，那，家中那边，自然也是断音讯！

儿子有事了，做母亲的还能不知吗？这些时，自己这样折腾、倾翻了，那，那做母亲的，就更不知要怎么过了？

这几夜,贞观都梦见伊焦灼的脸;或者,伊还能挺得住,因为上有七十岁的老人需要相瞒,然而私下她是怎样受的?

再说那个老祖母;大信是刘氏的长房长孙,是伊心上的一块肉……从小到大,伊提过多少香、烛,带着大信几处去烧香——贞观想着她的小脚一迈二迈的,千古以来,那种祖母疼孙的痴心情分,都化作己身生受——

贞观原意是:探一下口气,看着情形再办,真瞒不过,就说是割盲肠开刀;只要略通一点消息,只要稍作安顿,叫那边省去茫不知情的空牵挂,她就是对朋友尽义,对知己尽心——

二人在电话中说了半天,最后大信母亲还是决定飞去探他;去一趟也好,不去,伊不放心,她也不放心;如果不是没名没分的,贞观早就三更半夜都走着去了!

这就是母性。这就是亲恩,儿女出事,原来最苦的爹娘……

贞观挂下电话,才同时明白,孟子说的——不得乎亲不可以为人,不顺乎亲不可以为子,原为的什么!

事情当然是瞒着老祖母的;大信母亲丢下家中一切,冒着晕机难堪,独自飞一趟澎湖;贞观这边则天天上龙山寺烧香;龙山寺供的救苦救难观世音,贞观每每在神龛前跪下,心中祈求的,也唯有大信能得早日平安无事一念;他是袘舺卿境内的子弟,观音菩萨要庇佑啊——

怎知三天过去,当贞观数算着大信母亲几时回来时,她倒先接着他的一张纸片,像一把利刃,刺进了贞观的心:

　　你这样做,我很遗憾!

那纸片,她横拿不是,直拿不是,手只是嗖嗖地抖,眼泪刷的一下,落在上面……

就这么八个字,没有称呼,没有具名……她没有看错吧?! 她为他什么都想着了,却叫他这样恨她;他真以为她是多事鬼,多嘴婆吗? 他真不知她的心吗? 往后五十年,当贞观回想人生的这一切时,她如何能忍受,在大信出事之秋,自己竟只是坐视、旁观?

外人与自己,是怎么分的? 她真要只是坐着看吗? 宁可他枉屈她,也不要她未对他尽心;以后想起,再来后悔。对与错是极明的,应该做的事都应该去做,人生只这么笔直一次,弄错了,再等下辈子补,还得那么久……被曲解只是痛苦,痛苦算来算去,也只是生命的小伤;该做未做,人生却是悔恨与不安,悔恨是连生命整个否认的,是一辈子想起,都要捶心肝——

大信是何等明白人,他岂有错想的……她这样知、惜他,而他回她的答案,却是销金毁玉的八个字——遗憾吗?

贞观问着自己,那眼泪就似决堤……

今天走到这个地步来,生命中的一切,都注定是要遗憾的了——

她收拾好大信所有给她的信、物;那本她睡前都放在床头的印谱和毕业纪念,是他冒着风雨送来的——

大信:

　　我已经没有资格保有它们了……

才写第一句,贞观已是噎咽难言……她伏着桌案,半晌只是不能起。

岂止此刻、此时；她是这一生，只要回头想着，就会疾首椎心，泪下涔涔：

　　——这两本册子还给你，可惜信已毁，无法奉还；这一辈子，我都会因此对你愧疚。

贞观

撕破的那些，其实她大部分粘回来，然而她还是这样呕他，甚至在印谱里写一句：

　　风流云散日，
　　记取黄自兴。

黄是办公室的同事，因为名字较众人的好听；贞观竟用它气他！

爱就是这样好气，好笑，她一阵风似的把对象寄出；以大信个性之强，以她知大信之深，这是如何的后果，她应该清楚，然而她竟是胡涂，她以为只是这么闹闹就会过去——

信寄出半个月，大信无有回音，贞观知道他生气，自己还是天天上龙山寺。

她这才了解，当年她大妗祈求天地、神明，护佑在战火中的大舅，能得平安返来，是怎样一副情肠；她是只要他的人无事即好，只要堂上二位老人，得以再见着儿子，却没有先为自身想过什么——

大妗没读过书，她们那个时候的女子，都不能好好的读它几本书；然而她却这样的知道真爱，认清真爱……比起其他的人来，大妗是多么高啊!

农历过年,贞观随着潮水般的人们返乡,回去又回来;年假五天,贞观从不曾过这么苦楚的年——

初六开始上班;银蟾看她没心魂,回来第一句话就说她:"你想过没有,是你不对——"

"我不对?当然是我不对!我还会对啊?"

银蟾看了她一眼,仍旧说道:"本来就是你不对,你那样做,伤他多厉害!"

"……"

银蟾见她不语,胆子更壮了,连着又说:"大信知书达理、磊落豪爽,你应该比我更了解啊!"

"——"

像是五雷劈心,贞观一下悸动起来;她背过身去,开始拭泪:是我愧对故人,愧对大信;我竟不如银蟾知他……

银蟾续声道:"何况,他心情正坏,哪里经得起你这一下?"

"……"

"你还是写信与他道歉!"

"……"

"你不写,我来写!"

"不要——"

"为什么?"

"没有用,没有用蚋!!在恼我——"

话未完,电话响起,银蟾去接,随即要贞观过去;她比了一下,小声说道:"是他妈妈!"

贞观怯怯接起，叫声："伯母——"

大信母亲在那边说是："贞观，大信有写信给你么？"

贞观摇着头，泪已经爬出脸来，对方又问了一次，她才想起这是电话，遂说是："没有——"

"唉，这个孩子——"

他母亲在电话里怪起他来："有时还真是个孩子，从来没磨过，才这样不晓得想——"

贞观以手拭泪，一边说道："——可能他没闲——快要退伍了！"

"是啊，你不说，我也没想着，就剩百余天，六月就回来，等回来，我再说他——"

贞观从挂下话筒，开始盼望时光飞逝过去；她以为只要见着他的人，一切就会不同了。

1

　　六月底，贞观从大信母亲那里，得知他回台北；然而日历撕过七月，从一号、二号到八号、十号……十五号都过了——

　　贞观忽不敢确认：自己是否留在人间，否则，二人同在台北，他却隔得她这么厉害；像之间重重置的几个山头。

　　这些天，她连三餐饭都未能好好吃，更不必说睡眠了——

　　今天这样，也许是她的错，她不怪他；可是十九号，再这么四天三夜一过，他就得走了，他真要这样一走，再不见她一面？

　　他一走，丢她在这样偌大、空洞的台北市——红男绿女，到今朝，野草荒田——他有无想到，以后她得怎样过日？

　　子夜两点了，贞观还辗转床侧；听得收音机里，正小唱着歌：

　　　　公园路月暗暝，

　　　　天边只有几粒星；

　　　　伴着阮，目泪滴，

　　　　不敢出声独看天；

　　　　——公园边杜鹃啼，

更深露水滴白衣，

——

叮咛哥，要会记，

不堪——

　　贞观的眼泪，自眼角垂至鼻旁，又流到颊边，渗过耳后去了。后脖子湿了一大片，新的眼泪又流出来——

　　她披衣起来，其实也无凉意，就又放下了；轻悄开了房门出来，只怕吵着银蟾；才出廊下，见天井一片光华，抬头来看：月娘正明，莹净净，光灼灼；同样的月色，同样立的位置，一年前，大信就站的这里，等她浴身出来，那时候——月光下，贞观就那样直立着流泪，泪水洗湿她的脸，风一吹来，又逐个干了——

　　"你好睡不睡，站到这里做什么？"

　　也不知银蟾起来何事；贞观只不看她的脸，随便应道："里面热，我出来凉一下。"

　　银蟾不说话，近前拉了她的手，又推又拥，将她挽入房内；一入房，两人平坐床沿，都只是不言语；停了好久，才听银蟾叹息："热就开电扇啊，唉，你这是何苦——"

　　贞观倒靠到她的肩膀，热泪泉涌般的哭了出来——

　　第二天，贞观肿着眼睛，又咳又呕，把个银蟾急红了脸；"你看你——"

　　"我没怎样，躺一躺就好！"

　　"喔！躺一躺就好？那医生的太太谁来养？"

　　"我——"

　　"这下是由不得你做主了，你躺好，我去去就来！"

银蟾匆忙中换了衣服,飞着出巷口去请医生;不久,带了个老医生进来;医师在她前胸、后背诊听,银蟾则一旁帮着卷袖、宽衣。

自识事以来,贞观几乎不曾生病、打针,因她生有海边女儿的体魄;如今一倒,才知人原来也是陶瓷、瓦罐,极易碎的。

打完针,银蟾跟着回去拿药;药一拿来,贞观随即催她:"这些我知道吃,你快去上班。"

"上什么班?——"

银蟾翻着大眼,又端上一碗牛奶,道是:"我打了电话去请假,大伯叫我看顾你,嘻,这下变做公事了,你先把这项给我吃了,回头琉璃子阿姆就来。"

果然十点正,日本妗仔真的来了,还带了那个郑开元;那人坐到床前,跟着琉璃子的手势,在贞观额前摸了一下,问声:"你感觉怎样?"

"还好!"

他拿起床前的药包、药水,认真看过,才说:"这药还算和缓,是个老医生吧?"

贞观点一下头;他又说了一些话,贞观先还应他几句,后来就闭眼装睡;谁知真的睡着,等她再醒过来,已是午后一点,人客都已走了,银蟾趴在桌前打盹,面前摆的水果、鲜花。

大信呢?

他真的不来看她?不管她死活?她病得这样,他知道不知?

她错得这么厉害吗?他要气她这么久?他真要一语不发离去,她会疯死掉吧!

隔日,贞观起来要上班,银蟾推着她回床,大声说道:"你这是怎么想?你还是认分一点,给我安静躺着!"

"可是——"

"没有可是好说的,生病就是生病,你自己看看你的脸!"

她说着,递来一个小圆镜;贞观迟疑一下,就接了过来;她不能相认,水银镜内的女容是生于海港,浴于海风的萧家女,她不知道情爱真可以两下击倒人;小时候,她与银蟾跟着阿嬷去庙前看戏,戏里的陈三、五娘,每在思想那人,动辄不起——原来戏情并未骗人……

"好,那我再歇一日,可是有条件!"

银蟾听说,笑起来道:"哦,生病也要讲条件? 好吧! 你倒是说看看!"

贞观乃道:"我不去,你可不行不去;没得一人生病,二人请假的理!"

银蟾道:"你病得手软、脚软的,我留着,你也有个人说话!"

贞观拿了毛巾被盖脸,故意说:"我要困呢,谁要与你说话——"

说了半天,银蟾只得换了衣裙出门;贞观一人躺着,也是乱想;电话怎么不响呢? 门铃没有坏吧! 不然大信来了怎么按?

他一定不会真跟她生气,他一定又与她闹着玩;从前她道破他与廖青儿的事,他不是写过这样的信给她吗——接到你的信,有些生气,(一点点)你何苦逼我至此? ——然而信尾却说——其实我没气,还有些感心呢! 抱歉,抱歉,我要刻一个抱歉的图章,把信纸盖满——

电话突然响起;贞观摸一下心膛,还好,心还在跳,她跋了鞋,来拿话筒:"喂——"

"贞观小姐,我是郑开元——"

"哦,郑医师——"

"你人好了吗?"

"好了,谢谢!"

"我来看你好吗?"

"哦,真不巧,我要上班呢,正要出门——"

"哦——那,你多保重啊!"

"多谢——"

挂下电话,贞观忽想起要洗脸、换衣;没有电话,他的人总会来吧!她不能这样灰败败地见大信,她是响亮、神采的阿贞观——

门铃响时,她还在涂口红;家中众人都说她的嘴好看,好看也只是为了大信这个人哪!

从前的一切全都是好的,连那眼泪和折磨都是;气了这些时,他到底还不是来了——

门外站的郑开元;贞观在刹那间懂得了:生下来即是哑巴的人的心情。

"我还是不放心——你真好了吗?"

贞观咽一咽嗓喉,说道:"我正要出去呢!家里没人,就不请郑医师坐了!"

"那——我送你去;街上的出租车有些没冷气,你不要又热着了——"

直到公司,二人没说一句话;贞观等下了车,才与他道了谢;一上二楼,即在楼梯口遇着银蟾,她正抱着一叠公文夹,见是她,公文夹落到地上去:"你让我安心一些! 行吗?"

贞观将事情说了一遍,银蟾道:"这人怎么死心塌地的?"

贞观乃道:"这你就弄错了,他不是那样意思;他变做只是关心,第一是琉璃子阿妗相托,第二是一个医生对病人的态度;换我是医科出身,我也会这样跟人家!"

银蟾道："好，你有理！可是，这算什么医生，病人给他逼离病床！"

"我反正也好了——"

"只好当你好了——"

然而下午三点不到，贞观脸色转白，人整个仆到桌上。

办公室一片混乱，有叫车的，有拿药的；乱到最后，又是银蟾送她回来。

贞观再躺回床上时，她这样想：就这样不起吧！就这样睡到天尽头，日子就跳过廿号去！

大信是不会来了！让她死了这条心吧！心死了，什么都不必去想！

看银蟾的眼神，贞观可以了解，大信是真不会来了；银蟾当然打过电话给他；他知道自己生病，竟还是硬起心肠来。银蟾忽说："我再打给他——"

"不要！不要！——"

贞观费力抓着她的手，说是："你打，他也不会来！"

银蟾这下放声大哭："你再怎样不对，他也不该这般待你——我去问问他！"

贞观幽幽说道："这一切是我自取！你不要怪他——"

银蟾咬着嘴唇道："我打给他母亲——"

"银蟾，大信那种个性，如果他不是自己想通要来，你就是拿刀押了他来，也只是害死我——"

"可是——"

"他自以为想的对，你让他去；你要是打给他母亲，银蟾，我这辈子都不会原谅你——"

说到后面，两个人都哭了起来；眼泪像溶热的烛泪，烫得一处处疼痛不止。

贞观揾去泪水,心内想——好,大信,你不来,只有我去了;人生走到这种地步来,倔强、面子,都是无用物;我其实也不是好胜,我是以为:我再怎么不好,你总应该知晓我的心啊——难道这些时,我们那些知心话都是白说的;我当然不对,我也不知你的苦用心,你不要家里知道,怕她们担惊、伤神,这是你孝心,可是,我舍不得你生病、受苦,什么都是一人承担——

她是不行再病了;大信后日即走,她得快些好起,赶在明天去看他。

十八这天。

贞观足足躺了一整日;琉璃子阿妗陪她直到黄昏,情知银蟾就快到家,才放心与郑开元离去;贞观看着手银,差十分六点,银蟾就快到了,她再不走,就会被她拦住不放。

贞观留了纸条,只说到学校里走走,校园这么大,银蟾再怎样也找不着她;一出门,才六点一刻,大信也许才吃晚饭呢——

她只得真到校园溜一圈;学校此时放暑假,学生少了一大半,阿仲也是几天前才回家,说是十来日,再上来帮教授做事——

出大门口已经七点半钟,坐什么车呢? 出租车太快,十余分即到达,好像事情未想妥,人就必须现身出来那样突兀!

还是坐公车吧! 她要有充裕的时间,让心情平静,自然,这样一想,遂站到零南牌子等车。

多久以前,大信和她,曾小立过这儿等车……她忽地顿悟过来:他真去了英国,她还能在这个城市活下去吗? 台北有多少地方,留着活生生大信的记忆;她和他,曾把身影、形象,一同映照在台北的光景柔波里——

以后，除非她关起门来不出世，否则，她走到哪里，哪里都会触痛她；关起门来也不行哪，房内那椅凳，是大信坐过的，他还将脚，抬放在她的书桌上⋯⋯

车到小南门，已经八点十分，贞观提前两站下来，准备走着去呢，大信在那里长大，她也应该对那个地方有敬意！

八点半是可以走到吧！这个时间比较好，不早，不晚。——

贞观从中华路转向成都路，当她再拐进昆明街时，才感觉自己的手心出汗；他的家，她从不曾来过，如今，马上就要望见了，就在眼前不远处，她是去呢，不去？

前屋太亮，而且又是店面，还是从后街走；她进去了，人家问起，自己该是怎么说？

后街刚好是他家后门，而且前屋正好有一小巷延下来交会；贞观走在暗巷，忽又想起；大信初识她时，信上有过这样一句："喜欢独行夜路；无言独上西楼，月如钩，心如水，心如古井水，"原来就是这样一条巷子；贞观站在别人家屋檐下，抬头来找大信的房间。

二楼是他父母、祖母，三楼是兄弟，四楼是姊妹；另一幢是他叔父那房的；大信房间就在三楼靠西，照得进月娘光光！

就是这间吧！灯火明照窗，故人别来无恙？

从戌时到子夜，贞观就在人家泥墙下，定定站了三小时；大信的灯火仍是，在这样去国离家的前夕，他竟也只是对灯长坐而已。

不见也罢！既是你决定，既然你心平得下，我又有什么说的？

能够这样站着，已经很好了；是今生识得你，今生已是真实不虚。

雨细丝丝下起来，贞观离去时，那灯犹是燃着；他也许一夜不能眠，也许忘了关灯——

她回到住处，挂钟正敲那么一下，是凌晨一点；银蟾来开的门，她看到银蟾时，心口一绞紧，跟着眼前一黑，然而她还是向前跟跄几步，才仆倒在银蟾身上——

2

贞观足足在床上躺了半个月；银蟾几次欲通知家里，都被她挡住了。

大信就这样去了英国；他走那一天，贞观手臂上还插着点滴注射筒；她不吃饭，郑开元只好给她打盐水针，任何人与她说话，她都只是虚应着，心中虽是一念：我该怎样跟他去呢？伦敦离的台北，千万里路；我一个弱质女子，出门千样难，出境不易，人地生疏，外头有坏人，存的钱大概也不够——

明人小说里记的——范巨卿与张文伯，以意合，以义合，二人结为知心，言约重阳佳节相晤见。自别后，范为家计奔忙，不觉光阴迅速，重阳当日晨起，见邻居送来茱萸花，顿忆起故人之约；然而两地相隔千里，人不能一日到，魂却可一夜行千里……张劭信士也，岂有失信于他；思至此，拔剑自刎，以魂赴的生死约——

贞观因此遂起死志；活着的人不能跟去，死了的魂，总可以尾随而至吧！她要去看大信，问问他的心；他把她带到无人至的境，却又这么扔下她；旧小说里，西伯昌说雷震子："如何你中途抛我？"

贞观每念着此句，就要呜咽难言；整整十五天，死的念头绞缠在她心中不休——

后来是银蟾和阿仲把她拉了回来；正是昨日，她高烧不退，弟弟已从家中上来,见此景,站在一边与她磨姜汁,银蟾则半跪坐半坐着床沿,一口口用汤匙喂她清粥,偶尔夹一筷子花瓜,置在匙内……

她看着眼前的亲人,大批大批的热泪,成串落进银蟾端着的汤碗里。

"你别傻了,你别傻了——"

银蟾这样说她,脸正好映到贞观面前;她看着自小至大的异姓姊妹,伊的眉目像三妗,鼻口像三舅,脸框像外公,不,也像阿嬷……

啊,家乡里的亲故,父老、母亲和弟弟们,一张张熟悉、亲爱的脸,轮番在她眼前晃着;那么多真心爱她的人——

小时候看戏,小旦一出场,总说——爹娘恩爱,生奴一人——原来生命何其贵重,人生何其端庄,其中多少恩义,情亲,她竟为一个大信,离离落落——

这些时,都是郑开元过来与她诊视,贞观有时看他静坐一旁,心中会想:不管大信如何对她,在她的感觉里,她已与他过了一辈子,一世人了;情爱是换了别人,易了对象,则人生自此不再复有斯情斯怀;那人纵有张良之才,陈平之貌,也只有叫人可惜了他——

她是再改不了这个心意的;小时候,她还去看人凿井,铁桩撞至最深处,甘美的水会涌冒出来。

心同地理;一洼地只有一池水,一颗心也只能有一口井,有些地形不当,或是凿井的人欠通灵,则不论多久过去,空池也只是空池。

大信是她的凿井人,除了大信。

开始上班几天了,贞观每日七点半出门,准六点回家,连着六七日,银蟾观察不出端倪,有些沉不住气了,到这晚临睡,她坐在床上来问她:"你怎样了?"

"什么怎样了?"

"你到底好一些没有?"

"这不是好好的坐在你面前!"

"我是说你的心!"

"——"

贞观一时无以为应;人,心会好吗?

今天是琉璃子阿姝生日,二人跟着大舅回临沂街家中吃饭;她们到时,琉璃子阿姝在厨房里烤蛋糕,伊嘴边正哼小调,是《魂断富士岭》。

贞观从大舅说起他二人如何相识开始,已对新姝仔的人敬重,然而,她看着伊的人,还是要因而想起故里家中的大姝。

旧时女子的爱,是无所不包的;她要是有她大姝对真情的一半认识,就不会有今日的苦楚;大信起先真是委屈她,但她不该跟着错在后头,那样毁天捣地的,豁然一下,退回他给她的那些对象,她那么大的气害了自己,大信那样骄傲的人,是不容许别人伤他的心的;他们是彼此都把对方的心弄碎。

这事之后,贞观觉得自己一下老了十岁,然而,比起大姝来,大信和她还是年轻,年轻就有这种可笑,可以把最小的事当做天一样大。

银蟾见她呆住了,也就说道:"我知道你苦楚,可是你一句话不说,叫我怎么猜,你若是心里好一些,你就说一声,我也放心哪!"

贞观摸一下她的头发,轻说道:"不要再提这项;我心里好想回家,我要回去看大姝,我想妈妈和阿嬷——银蟾,我们回去好吗?"

"——"

银蟾的大眼闪着泪光,她拉着贞观的手,只是说不出话。

隔天下班,二人说好,一个去车站买车票,一个先回来收拾行李;贞观下了车，距离住处还有百余公尺；她沿着红砖路，逐一踏着。

台北的最后一瞥，可爱的台北，破碎的台北；她心爱男子的家乡——

忽地，她听见身后一个稚嫩声音，这样唱着：

　　一碗一碗的饭，

　阿母盛的那碗我最爱；

　　一领一领的衫，

　阿母缝的那领我最爱；

是个跳着小脚步回家的幼儿园女生。贞观停下来看她；小身影一下就晃过她的眼前去：

　　一条一条的路，

　阿母住的那条我最爱——

贞观的眼泪终于流下来，这样的儿歌，童谣；她也要飞向母亲，飞向生身的母亲，故乡的母亲；她想着伊，就这样当街流泪不止——

——春天的时候，她母亲喜欢炒着韭菜、豆芽，夏天时，她爱吃竹笋汤，一到八、九月，她会向卖菱角的人买来极老的菱角，掺点排骨去炖，等好了，就放一把香菜进去。

她还不准贞观将衣服与弟弟们的作一盆洗；男尊女卑，贞观是后来读礼记才晓得，而她母亲也只是读了几年日本书；她是连弟弟们脱下来的鞋，都不准贞观提脚跨过去，必须绕路而行——

她父亲去世几年了,伊除了早晚三枝香,所有父亲的遗物,一衣、一带,她都收存极好,敬重如他的人在世间——

她还教人认清本分;贞观常听她说这样一句话:"泌饭不吃做婳的;因而自己的那一份,自己要平静领取;不领也还是给你留着。"——

贞观进门时,早听那电话响个三二声,她拿起来,竟是电信局小姐:"萧小姐吗?"

"我是——"

"长途电话,请讲——"

"贞观吗? 贞观抑是银蟾?"

"三舅,我是贞观——"

"大舅那边线不通,你快些通知他,阿嬷方才跌倒,不省人事,你和银蟾也快些回来——"

3

夜快车摇摇、晃晃;本来是可以坐自家车的,她大舅因为夜路多险,也就不叫司机驱车南下——

贞观和银蟾交握着手,眼睛望着车外的黑天;前座的大舅与琉璃子,也是失神、黯淡。

寅夜的夜空,闪着微星点点,大信的眼神真个如星,又清亮又纯良……从前他给她写信,说到他坐夜快车的经验:——睡不着时,就监视着画夜的交更……算了,我没本事形容;反正太阳才刚露出个额头,大地便搬弄出了千变万化的色彩、光辉,旅人目瞪口呆,只有感动的份——

他现在怎样了呢?

再两日七夕;英国没有农历记载,他知道过生日吗?去年三月天,贞观在西门町遇着个中学同窗,伊在大学时和廖青儿住过同一个宿舍;贞观故意问起廖的男朋友,那人就说:喔,就是化学系那个头发似牛角那个啊?

那人说这话时,两手的食指同时举到两额边竖着,做出牛角模样;贞观当下与她分手了,立即转到延平北路去买只白牛角小梳子,寄给大信,又将那人言语,重复一遍。没几天,大信急来了一信,说是:——有那样难看吗?梳子收到了,我会天天梳的——

自己为什么就这样看重他呢?

贞观想了又想:说看重大信,不如说是看重自己;他几乎是另一个自己,每次她讲什么,他接下去说的那句,常是她心中温热捧出来的无差异。她跟他说起小时候,在外曾祖母家鱼塭耍水,被银城他们推下岸,等爬起时,裙裤上竟夹了一只大螃蟹;话未已,大信马上说:——哈哈,用自己去钓;用自己去钓?

还有去故宫那一次,二人在车上轻哼歌,她唱《安平追想曲》,唱到——海风无情笑我戆;大信当下脱口说出《望春风》里的——月娘笑阮戆大呆——真的如果不是这些,她今天可以不必这样……

车内旅客,有打呼的,有不能睡的;后座一个少年,才转开录音机,车厢内整个哀怨起来:

> 月色当光照山顶,
>
> 天星粒粒明;
>
> 前世无做歹心幸,
>
> 郎君这绝情——

贞观转过头去,努力不让眼泪掉下来——

车到新营,大舅招了出租车,四人直奔故乡而来;天已逐次亮起,在黎明的微光里,清凉如斯的气息,叫贞观不由得要想起从前读书、备考、鸡鸣即起的那段光阴!

多好啊,彼时她未深识大信,人生的苦痛和甜蜜,也都是大信后来教给的。在这之前,少女的心,也只是睫毛上的泪珠,微微轻颤而已。

晨光中,贞观终于回到故乡来。故乡有爱她的人,她爱的人;人们为什么要去流浪呢?异乡、外地所可能扎痛人心的创口,都必须在回得故里之后,才能医治,才能平复。

一辈子不必离乡的人,是多么福分;他们才是可以言喻幸福的人——

当车停门前,贞观抬头来看,整个人忽地跌撞撞下了车。

四个人一起跪了下去,然后匍匐爬到门槛来;她母亲和她大妗,一青、一黑,嗥着上前接他们;贞观哭着爬近二人身旁,一手执母亲,一手拉妗仔,人世中最难忍、最哀痛的,一下全倾着从她的咽喉里出来。

1

　　油灯如豆;风偶尔自窗隙、门缝钻入,火焰就跳跃,晃摇,浮映得一屋子的人影,跟着闪动不已。

　　贞观今晚是第五夜在柩前守灵;白烛、白幛、白衣衫,连贞观的人亦是白颜色。

　　地下铺着草席,贞观叠脚跪坐于上,抬头即见着大舅众人;银山是长房长孙,按礼俗,大孙向来当小儿子看待,银山因此是重孝;贞观有时传物递件,不免碰触着他身上的重重麻衣,手的感觉立时传进心底,像是粗麻划着心肌过去——

　　自第三晚起,阿妗们即开始轮换着回房小歇一下再来,她母、姨、姨丈等人亦是;说来贞观是外孙女儿,更可以不必守到天亮,然而这几晚,她还是不歇不困,一如当初,每晚和舅父、表兄们一般,行孝子孝孙的重礼。

　　贞观三岁时,她母亲生了弟弟;她从那岁断奶起,住到外婆家。

　　三岁的事,已经不能清楚它了,可是此时想起来,她还能记忆:四五岁时,睡在外婆边,天寒地冻的,外婆摸黑起来泡米麸、面茶,一口一匙喂她——

上小学以后，贞观才正式回家住；外婆知道她从小爱吃绿豆汤，五月、六月、七月，长长一个夏天，伊都不时叫煮绿豆。小学时代，下课还得排队回家，老人家就守在这边大门口，看一队队的小人头，等辨认出她，就喊着名字，叫她进去吃——

亲恩难报，难报亲恩——

想到这里，贞观干涩的眼珠，到底还是渗出湿泪；原来——中国人为什么深信转生、隔世；佛、道两家所指的来生，他们是情可它有！若是没有下辈子，则这世为人，欠的这许多的恩：生养、关顾以及知遇的恩，怎么还呢，怎么还？

上次回来过年，也是在这个屋厝里，她帮老人和大妗做祭祖用的红龟粿，模具千篇一样，都是寿龟的图案，拿来放在染红的米粿上，手随势一按压，木模子就印出一只只的红龟来；她将它们排在米筥上，一只一只地点着——

三妗一旁拿着铰剪，沿着粿的形状，一边剪贴叶，一边抹生油，叶是高丽菜的叶；银蟾则半蹲地上，以小石臼捣花生。

炒熟的花生，倒在石臼里，先小研一下，再倒出手心捧着，以嘴吹掉花生脱落的皮膜，然后再倒回臼里捣，花生麸是要和饺肉、碎菜等一起，用来做菜包和红圆的馅。

小石杵一捣一舂，花生粒就迸跳来去，有些甚至喷出外面地上；银蟾又要捡，又要捣，左手不时还得围拱住半个石臼面，免得跳出来太多……如此没多久，倒捶着自己的手了！

贞观去替她，二人换过工作；她手才接小石杵，只捣那么几下，忽觉自己的心也是放在石臼里，逐次和花生一样碎去。

那一年，真的是她最难过的一年；大信隔着她，全无消息——

初五那天要上台北。

母亲和她一起过这边来说;银蟾还延在三妗房里,母女二人,不知还讲的什么;她母亲与三舅说事情,贞观自己就弯进阿嬷房间。

一入内,老人家见是她,倾身坐起,又拉她的人半掩着盖被:"外面那样冷,你穿这么少?"

"才脱大衣的,阿嬷我不冷!"

没想到那一幕是今生见老人的最后一面了;祖孙各执着棉被一角对坐着,被内有手炉子,贞观那一窝,忽的就不想出外界去——

"什么时候再回来呢?"

"不一定呢,有放假就返来——"

"对啊,是啊,回来好给阿嬷看看,唉,一趟路远得抵天——"

"——"

"明天此时,你就在台北了;唉人像鸟,飞来飞去!"

"——"

"阿贞观,你离这样远,又不能常在身边,你记着这句话——"

"阿嬷,我会记得——"

"阿贞观;才不足凭,貌不止取;知善故贤,好女有德——"

那次晤对,是今生做祖母、孙子的最后一次,剖心深嘱的言语,也就成了绝响。

才不足凭,貌不止取;知善故贤,好女有德。

贞观此时重想起,那泪水更是不能禁;这一哭,哭的是负咎与知心;大信这样待她是应该的,自己有何德、何行,得到他这样一个惜惜良人、秩秩君子。

她在他心绪最坏时,与他拌嘴、绝裂,是她愧对旧人,有负斯教;天

236

下之道,贞观也——父亲给她取这样一个名字,而她从小到大,这一家一族,上上下下,所以身相教,以言相契的,就是要她成长为有德女子;枉她自小受教——

她不仅愧对父母,愧对这家,更是愧对名教,愧对斯人——

泪就让它直漓漓;泪变成血水,阿嬷和父亲,才会知得她的大悔悟——

2

葬礼一过,她大姨、大舅都先后离去;贞观觉得,以自己的心态,是无法再到台北过日子;台北是要那种极勇敢、极具勇气的人才能活的!

她要像小学校旁那些老农夫一样,今生今世再不跨离故乡一步。

银蟾跟着她留下;那间房子,阿仲已帮她们退了租;贞观每日陪着母亲、大妗,心总算是一日平静过一日。

过了七七,又是百日;琉璃子阿妗一趟来,一趟去的;贞观看着她,竟是感觉,台北无任远!

伊这次临走,照常还问的贞观,再去如何;贞观答允伊重新来想这事,等送了大舅和伊上车,她忽地惊想起前事来。

大妗是早说好要上山的,当初阿嬷死命留她;如今老人家一去,这屋内再无能绊留她的人!

不管如何,我要送她一送——

比起大妗来,多少人要变得微不足道了。她想起大风大雨,大信给她送印谱;她不仅退还他,还骗他信撕了,还写个不相干的男人的名字呕他——他不理她是应该的啊!

想着撕信的事,贞观连忙翻出碎后又粘起的那些信来,她逐一看着,眼泪到底难忍它流下来。

大信给过她这许多信,他跟她几乎无不言起;能讲的讲,不能讲的也讲;家中的母亲、妹妹都不知的,他全说与她!

今晨起来,有一个鼻孔是塞住的——啊呵,是连这样小事都要说它一说。

——书逾三时,就把它拿来当枕头——这话说与别人,人家大概要笑的,他却这样拿她当自己。

——最近蟋蟀很猖獗,目中无人的大声合唱,吵死人了——啊,大信,相惜之情,知遇之恩,她是今日才知道,原来贞观负大信!

知己何义? 她难道不知《红楼梦》里那两人;宝、黛是知己,知己是不会有怨言的。当初,他要她静候消息,她不该沉不住气,他的盛怒其实是求全之毁,那也是对至情亲者才能有,偏她什么迷了心窍,箭一样的退回他的对象……大信等于在最脆弱时,再挨了她一刀……

她想着,又找出了蚌形皮包里面的一堆屑纸;现在她已经了解了大信的不告而别;见面了,他说什么呢? 除非有承诺,而这样彼此心碎之时,他也乱心呢! 谁会有什么心情?

那纸装在里面不通风,这下闻着有些异味;贞观遂取了小盆,将之摊于上,然后置于通风、日光处,又是阴干又是晒。

而今而后,她还要按着四季节令,翻它们出来晾着,像阿嬷从前曝晒她的绣花肚兜一样——

风一吹来,盆里的碎纸飞舞似小白蝶;贞观丢下手中物,追着去赶它们;未料银蟾走入来:"咦,这是什么?"

"——"

贞观没回她,用手扑着小纸片,银蟾跟着跑步向前,以手掠了几些,风卷过纸面来,正的,反的,银蟾终于看清楚上头的字:"你这个人,你这个人,你会给他害死——"

　　贞观这一听,不发一言,上前抢了她手中的纸,自己装入皮包。

　　这皮包的机栝玄妙,从来就没有男生会开:银城、银安甚至阿仲……他们全扭不过它,奇怪的,大信一接过,轻略一摸,啪的一声,开了!

　　银蟾以为她生气,嚅嚅说是:"我知道,是我说错话——"

　　贞观不听则已,听了才是真恼:"你不知,也就算了,你既知道,你还说的什么?世间人都可以那样说,独独你不能!"

　　"——"

　　"你说我也罢!你不该说他——"

　　"是我不好——"

　　银蟾低头时,就像阿嬷;贞观想起病中诸情景,她怎样喂着自己吃食一切——

　　"银蟾,我自己也不好,心情太坏,说话过急……,都不要再说!我在想:我是怎样,你应该都了解——"

1

为了大妗，贞观这是二上关仔岭——

第一次来是小学五年级；全班四十七个同学，由老师带队，大伙儿开了四、五桌斋饭，分睡在男、女禅房，后来因男生人数超多，就住到大仙寺去，女生则歇在碧云庵；十二岁是又要懂，偏又不很懂的年纪，碰了男生了，无论手肘、鞋尖、衣襟、桌角，都得用嘴吹一吹，算是消毒过了才行；然而到了山上，却也是你帮我提水壶，我为你削竹杖的，两相无猜忌。

贞观已不能想象：自己十二岁时的模样——因此这一路上来，遇有进山拾柴的男、女小孩，都忍不住问人家几岁；若有相仿佛的，便将自己比人家，再问她大妗像啊不像。

家中诸女眷，除了阿嬷外，只有她大妗自始至终未曾烫过发，众人或有怂恿她去的，她也只说：我都习惯了——她梳着极低的髻、紧小、略弯，像是根香蕉；她大舅回来以后，连贞观也都感觉她的发型该换，旧有的样子太显老了，像二妗她们烫短的，真可以年轻它几岁，然而她还是故我，别人也许真以为她习惯了，然而贞观却是明白，大妗直留着这头头发，是要给阿嬷做髻用的；老人家梳髻得用假发，原先的两个，逐个稀松、干少，大妗是留得它，随时要剪即可剪与婆婆用度——

她大妗转过脸来，那个贞观熟悉的小髻倒遮过脸后去了。

"像啊！极像的，尤其那个穿红的；你忘记你也有那款式的一领红衫？"

她大妗这一提醒，贞观果然想起来，是有那么一件红衣，灯笼袖、荷叶边、胸前缝三颗包布扣子，是她十岁那年，她二姨赶着除夕夜做出来，给她新年穿的。

为什么童年，就是那样炽盛的心怀？三五岁时过年，是不仅要穿新裳，还要竹筒里剔出二角来了，自己去买一朵草质压做的红花；通常都是大红的，也有水红色，再以发夹夹在头上……初一、初二，直到过了初十，四处再无过年气氛，只得将花揪下来，寄在母亲或阿嬷的箱柜里，然而每每隔年向大人要时，那花不是不见即是坏损、支离，只得掏着钱筒，再买新的——

新年簪花这事，也和端午节的馨香一样，她直到十一二岁，才不敢再戴，因为男生或有路上看到了，隔天就到学校说，贞观一进教室，他们早在黑板绘个形象笑人——

十二岁时的大信，又是什么样子呢？

去冬在台北，贞观几趟跑龙山寺，每次经过老松国校，看到背肩袋，提水壶的小男生，就要想到大信来，他该也曾是那般恂然有礼的小童生……

为什么想来想去，都要想到他才罢休？

从关仔岭下车，走到这儿，三人停停、歇歇，也差不多廿分有了；碧云寺隐约可辨，她大妗却已经落到身后去——

贞观回头望她们，见二人正走到弯坡路，银蟾大概口渴，就在路旁奉茶的水桶边站住不动。她先倒的一杯捧与大妗，自己才又倒了一杯，临端到嘴边,忽地停住了,远远问着贞观:"你要不要也来喝?"

贞观挥一下手,看她们喝茶,自己又想回刚才的事来:小时候,银川他们养蚕,一到吐丝期,众姊妹、兄弟,都要挨挨、挤挤去看;蚕们在吐尽了丝,做好了茧,即把自身愁困在内——

如今想来,她自己不就是春桑叶上的一尾痴蚕?……地不老,情难绝,……她今生只怕是好不起,不能好了! 她不是不知道大信个性上的缺失:他常有一些事情下不了决定,而且自小顺遂,以致他不能很完全的担当他自己,偏偏又是固执成性,少听人言——

其实只要再给他们一年,她和他的这场架就吵不起来;她认识他时,大信才从廖青儿的一场浩劫出来,他被伤得太厉害,以致他与她再怎么相印证,他总不敢立即肯定:自己是否又投入了爱的火窑里再烧炙,因为他才从那里焦黑着出来!

就在他尚未澄清、过滤好自己时,事端发生了,他那弱质的一面,使得他如是选择;事实上,他从未经历这样的事,他根本不知道怎么做才能最正确——

然而,情爱是这样的没有理由;与大信相反的是,贞观自小定笃、谨慎,她深识得大信本性的光明,她认为她看的没错,而一切的行事常是这样的无有言悔;最主要的是贞观认定:这天地之间,真正能留存下来的,也只有精读一物;她当然是个尊崇自己性灵的人。

这一路上来,她心中都想着:到了庙寺,就和大妗住下来吧! 大妗也有她存于天地的精神;放纵、任性的人,会以为自制、克己者是束缚,受绑的,殊不知当事者真正是心愿情甘,因为这样做,才是自己。

银蟾呢?

当然要赶她回去;不经情劫、情关的人,即使住下来,又能明悟什么呢？

贞观就这样一路想着上山，碧云寺终于到了，她在等齐二人之后，再反过头看，顿觉人间的苦难，尽在眼下、脚底——山上是清泉净土，山下是苦苦众生！

她大妗这是三上碧云寺；早先伊已二度前来，入寺的相关事情，都先与庙方言妥。贞观跨过长槛，才入山门，随即有两个小尼姑近前引路，三人弯弯、拐拐，跟着被安置在西间的禅房。

那房是极大的统铺床，似家中阿嬷的内房，不同的是这边无一物陈设，极明显的离世、出家——大妗被领着去见住持；贞观二人缩脚坐到床中，又伸手推开窗户："哇，这样好，银蟾，我也要住下不走了——"

银蟾跟着探头来看，原来这儿可瞭望得极远，那边是灶房，旁边是柴间，有尼姑正在劈柴；另一边是后山，果园几十顷的……银蟾忽问她："那边走来的那个，奇怪，尼姑怎么可以留头发？"

"你看清楚，不行乱说——"

银蟾自说她的道："若是这样，阿姆就可以不必削发了——"

正说着，一个小尼姑进来点蚊香，她笑着说起："山上就是这样，蚊子极多——"

银蟾见着人，想到问她："师傅，寺里没有规定一定要落发吗？我们看见还有人——"

那小尼姑笑道："落发由人意愿；已削的称呼师，尚留的称呼姑，是有这样分别！"

二人点了头，又问了澡间位置，遂取了衣物下石阶来；澡间外有个极大水池，贞观等跟着取水桶盛水；银蟾与她合力提进里间，尼姑们递给她肥皂、毛巾，又指着极小，只容一人身的小石室说："就是这儿了；进去关好门即可!"

生活原来有这样的清修;小石室一共一二十间,尼姑们出出、入入,贞观见她们手上提携,才知得人生也不过是一桶水,一方巾——

银蟾亦闪身入旁室,二人隔着小石壁洗身,只听得水泼着地,水声冲得哗啦响——

"贞观——"

"嗯——"

"这水是山泉吧!"

"怎么说呢?"

"我灌了一口,好甜哪!"

浴毕,二人又借了小盆洗衣,才挟着那盆回房来晾;一进门,先不见了大妗的衣物。

"会是怎样呢?"

"大概是伊拿走! 伊有自己的清修房间,这里是香客住的!"

二人正呆着,忽听得钟声响,点蚊香的尼姑又随着进来:"女施主,吃饭了;斋堂在观音殿后边旁门,你们从石阶下去,可以看到——"

贞观看一下表,才四点半;吃得这么早,半夜不又饿了!

"师傅,我们大妗呢?"

"伊还在住持那里,衣服都拿到她的房内;你们用过斋饭,再到那一头第三个门找伊,那儿有二弯石阶,平台上闻得到桂花;……不要闯错了门了!"

"那,师傅你呢?"

"不,施主先吃,我们在后;这也是规矩——"

菜是四素一汤;方桌,长板凳;贞观挨着银蟾坐下,那碗那匙,都是用粗质陶土，然而到得今日，她才真正领略它的干净、壮阔——

银蟾第二次去盛饭回来时，贞观问她："小姐，你到底要吃几碗……"

"三碗不多，五碗不少——你小声一些行吗？害得人家尽看我！"

吃过饭，才五点刚过；银蟾乃说："吃得这么早，大概八点就得睡了，我们去哪里好呢？阿姆不知回房未？"

二人翻过大雄宝殿前的石阶，直取小径，再上偏旁的夹门，又拾另一级石阶上去。

"怎么有这许多石阶呢？"

"这儿本来就是深山之内！是尼姑们搬沙、运土，一石一阶，开出来的——"

平台上有个尼姑正在收瓮缸，贞观看明白是一些腌菜；二人问知道房间，走近来看，却是落了锁。

"你说呢？"

"就在门口站一下呀！"

银蟾转一下身，怡然道："这儿真可以闻见香花，好像也有茉莉；咦！我们住的禅房就在那里呢，你挂在窗口的那件黄衫都还看得见！"

贞观无响应；银蟾问她道："你是怎样了？"

贞观举手指门边，说是："你看它这副对联！"

那字体极其工整，正书道：

心朗性空寒潭月现

觉修戒定妙相圆融

两人又站了一下，还是未见她大姈，银蟾还要再等，贞观却说："回房去吧！也许大妗去找我们！"

二人折回这边，远远即发觉：房内无人；因为里面漆黑一片，银蟾忍不住道："到底是阿姆丢掉，还是我们丢掉？"

"大概事情未了；你以为出家，离世这般容易？"

"那我们现在去哪里好？"

"到后山去！那边有许多大石头可坐！"

二人踏上小通径时，月亮已经露出来；贞观踩着碎步，一走一抬头，却听银蟾问她："怎样？真要把阿姆留在这里？家里的人其实要我能再劝得伊回去！"

贞观说："家里十几张嘴都留伊不住了，我们又怎么说？再说，也是众人痴心，家中上下，谁不知道许了愿就要还的，明明知道，还要强留伊——"

"也是舍不得伊的人啊！"

"银蟾，你也觉得大妗委屈？"

"我……我不会说！"

"其实，银蟾，别人或许不知大妗，我们与伊吃同一口井水，还会不了解，伊不是看破，伊才是情痴！"

"——"

"卅年来，她祈求大舅的人能得生还，她相信流落异地的丈夫，在战火、疾患之时，一定也许过重返家门的愿，这是她知大舅；如今他的人回来了，愿，谁来还呢？琉璃子阿妗于大舅有救命之恩，大妗只差没明讲：你岂有丢着人家的？还是我替你去吧！"

月光下，石头们一颗颗莹白、洁净，两人并排坐着说话，心中忽变得似明镜、似铜台。

"银蟾，你看！！那是什么？"

银蟾近前两步,说是:"是大雄宝殿后门的一副对联;你要听吗?"

"快,你快念来我听!"

正说着,猛地钟声又响;贞观忽地坐不住,向前自己来看:

大寺钟声警幻梦

仙山月色浸禅心

2

山中十余日。

贞观二人天天到后山摘花;山内有水流不懈,尼姑们取熟了的竹子,将它里面的骨节打通,再锯好相等长度,做成许多圆竹筒,然后以铅线捆绑好,一管接一管的,自源头处将水引回寺里后院的几只大水缸。

她们还去帮尼姑提水、浇菜;寺里前、后,也不知种有多少菜蔬;贞观有时手拿葫瓢,心中绕绕、转转,又想着这样的一封信来:

——十月四日种下一包芥兰菜籽,昨天终于冒出芽来,小小、怯黄色的芽,显得很瘦弱、娇嫩。(隔壁人家的萝卜,绿挺、苗壮的呢!)头两天,一直不发芽,急得要命,原来是种子没用沙土覆盖,暴露在外所致。生命成长的条件是:1.黑暗,2.水,3.温度,4.爱……太光亮了,小生命受不了的,我对它们是乱爱一把,早晚各浇一桶水,看到种下去的种子发了芽,心里很高兴。——

晚上,她和银蟾就去前殿听晚课,诵经是梵文,二人当然是听不知意,可是完后有半个小时是教书、认字的;识字的尼姑教不识的勤念。

她们都拣最末的两个座位,真像是书塾里两个寄读生。

"世间有百样苦,只没有贤人受的苦!"

"生气的穷,怨人的苦!"

"贤人不生气,生气是戆人!"

"有理不争,有冤不报,有气不生!"

"生怎样的性,受怎样的苦;要想不苦先化性,性圆、性光、性明灼!"

她大妗坐在最前座;五十多岁的妇人,那神情专注,一如童生——

贞观想起:大殿正前,有佛灯如心,心生朵朵莲,那光和亮就是她大妗的做人;伊是真留有余无尽的巧,还给造化;是连下辈子,也还是个漂亮人啊!

这半个月内,她大舅连着三上关仔岭,一次和银山来,一次是单独自己,最后那次和琉璃子阿妗;她大妗接待二人在禅房,也不知三人说了什么,再出来时,贞观看大舅和日本妗仔都红着眼眶,倒是伊仍然不改常态;最多的情原是无情哪!

这一晚是山中最后一晚,这一课也是最后一课;时间一直往前走,贞观坐身长凳上,只觉留恋益深:教字的师太念着字句,底下亦和声念起:"众生度尽,方证菩提;地狱未空,誓不成佛——"

"——"

似油抹过铜台,贞观那心,倏地亮了起来。

岂止的身界、万物,岂止是世人、众生;是连地藏王菩萨,都这样的不舍不弃!

夜课结束,二人回禅房歇息;秋深逐渐,山上更是凉意习习。

银蟾摊开被,坐在一旁像婴儿似的打着呵欠,看是贞观不动,问道:

"你要坐更啊!"

"我还不困——"

"你是舍不得走?"

"是又怎样? 不是又怎样?"

"是要拉你走,不是也要拉你走!"

贞观笑道:"要走我自己不会? 你又不是流氓婆——"

二人才躺身下来,却听门板响,银蟾去开,果然是她大姈:"大姈,你还未歇困啊?"

"唔,来看看,你们明早回去,就跟阿公和众人讲,大姈在这儿很好,叫他们免挂念——"

"我们会——"

伊的小鬓未剪,贞观坐在床沿看她,只觉得眼前坐的,并非佛门中人,伊仍是她尘世里的母姈;伊有出世的旷达,有入世那种对人事的亲——

"大姈还有什么交代的?"

"嗯;在家……也都说了——"

"阿姆在这儿,自己要保重!"

"我会——"

贞观送伊出来时,伊闪出身,即止住贞观不动:"外面凄冷,你莫出来;还有,大姈有句话一直未讲,你年纪也不小,有时也得想想终身,不要痴心任性的,遗你母亲忧愁——"

"大姈,我知晓——"

伊走后,贞观躺身回床,只是无一语;银蟾于是问道:"你怎样?"

"无啊!"

她关了灯，又悄静躺着，直听得银蟾的鼻息均匀，才又坐身起来；推窗见月，这样冷凉的晚上，真的是大信说的——凉如水的夜里：

　　　　永夜抛人何处去，
　　　　绝来音，香阁掩，
　　　　眉敛，月将沉；
　　　　争忍不相寻，
　　　　怨孤衾，
　　　　换我心，为你心，
　　　　始知相忆深。

　　她到底还是落泪下来——

尾 声

燕子飞去,蝉声随起,又是暑热逼人的天气——

贞观这是三上碧云寺;前两回都有伴,走的亦是前山大路,如今单人独行,乐得在三岔路时,找了小路上来,也算是别有滋味。

她大妗来此年余,只回去那么一次,是她外公病重时候,此外再无下过山。连银山、银安娶妻,她都不曾回转家门。

贞观这次受的银山嫂之托,替她送的几件夏日衣物,本来银山妻子是准备做好后,亲自与婆婆送来,谁知三个孩子缠身,一家主妇,也不是说出门即可出得的。

银蟾原先也说好要她来,谁知两天前在浴室跌一跤,到现在还拽了筋,走路都不便利;贞观心想:反正去去就回,顶多过它一夜——也就自己来了。

路上有男童在捕蝉子,有爬上树的,有在下头拿着小网扑的;她一好奇,走近前来 立观看。

眼前的两个,一大一小,像是兄弟;做哥哥的正捕着一只,将它放进塑料袋贮着,由那做弟弟的抓在手里。小弟弟大概怕蝉飞走,只将那袋子捏着死牢牢;贞观于是与他说道:"小弟,你不行把袋子捏太紧,不然没空气,蝉只会闷死!"

那做弟弟的才六岁左右,不很识人,看看贞观,又看自己兄长,正是没主意。

"对啊,你怎么这样拿!这样它就不活了,我们不是白抓吗?"

那做哥哥的,约是十一二岁,穿的国小运动衫。他一面说,一面拿过塑料袋来,做了示范动作,再教他的弟弟照着方式拿;贞观看他一脸红润,问他道:"你捉这个,要怎样呢?"

孩子挥着手臂,拭一下汗,说是:"放着家里听啊,蝉的声音极好听——还有,他吵着要我抓啊!"

他才说完,一下又向前跑两步,手中举的长竹竿,竹竿尾绑着细网:"哇,又一只了!嘻——"

"哥哥,它是公的吗?还是母的!"

"公的!公的!"

"那袋子的这只就有伴了,哥哥,它们会生小只的蝉吗?"

"我——我也不知道!"

贞观近前来看新抓的蝉,问那大的说:"你怎么知道它是公的?"

孩子笑了起来,却又极认真回道:"它会鸣叫啊,公的才会,母的不会叫!"

才说完,因又发现目标物,哥哥乃抓了弟弟,向前猛跑——

贞观只得继续前走,来到一户人家,见个六十岁老妇,正在收晒着的菜叶,伊身边一个十岁男童,抱着竹箩立着。

孩子的眼睛先看到她;随即说与老妇知道;老妇停了工作招呼她道:"女孩官,外面热死人;你先入来歇一下,喝一杯茶,再走未慢!"

"多谢阿婆,我赶着上庙寺——"

"那好啊,去拜佛祖、菩萨,保庇你嫁着好人——路你有熟吗？要叫我孙子带你一程么？"

"路我认得,多谢好意——"

老妇不知与男童说了什么,那孩子丢了竹箩,跑进屋内,一下又捧出一杯白凉水。

"你还是喝杯水;这个天气,连在家都会中痧！那外头就免讲了——"

孩子将茶捧到她面前,他的眼神和脚步,一下牵疼了贞观的心;长这么大以来,她不曾喝过这样叫她感动的茶水;不止是老妇的好意,是还有这孩子做此事时的庄重、正经——

她喝完最后一滴水,又递还茶杯,孩子这下一溜烟地跑掉;他那背影,极像的银禧。

"阿婆,我上山了——"

"走好啊,下山再来坐啊！"

到达山门,正看见日头偏西;贞观踏入寺内,直找到大妗的房间走来;她踏上平台了,才想着要来之前,也无一书一信通知,大妗该不会不在吧！

其实是她多虑！大妗是性静之人,在家中也都难得出门,更何况清修净地！

真不在房内,横竖也在这个山中啊,她和银蟾前番来时,常听得扩音器响,后山工作的尼姑听着叫自己名字,法号,即会急趋趋奔下来……

如果大妗也在后山,贞观才不要去叫广播;她只要问清楚了,就去后山找伊——门板上却又落了锁;贞观这一看,真有些没着落起来。

她小站了一下,见有尼姑经过,立即上前相问:"师傅,这——"

那尼姑有些认得她,说是:"要找素云姑啊,伊这两日在净修房,不出关的!"

"那,还得等多久——"

"七日!"

贞观一下闭了嘴,不知说怎样好;尼姑乃道:"来了难得,施主且山中住几日再走,我带施主先找个禅房住下再说——"

贞观只得相随往,她因认得从前住的那间,就与尼姑讲了;二人来到那房,推门进入,尼姑又去找了蚊香来点,这才离去:"有怎样事情,且随时来说!"

贞观谢过那尼姑,这才捡出换洗衣物,又来到小石室洗身,随后涤衣,用斋,到身闲下来,已是七点钟!

在这样的清净所在,她所害怕的,也就是眼前面对自己的时刻。

大信走了两年了;两年之中,贞观曾经奢想过他会与自己联络。冬天轮着夏天,秋天换过春天,贞观一日等过一日,她终究没再接到大信的一字、一纸——

·············

一场寂寞凭谁诉;

算前言,

总轻负。

要是从前念着这样的句子,贞观真的只会是流泪;然而她今生所可能有的折转与委屈,在这场情劫里,早已消耗殆尽;她知道大信在澄清他自己,不止是他,他们都是心水混浊时,就不再跨出一步的,然而,这中间的过程，会是多少呢？

贞观终于掩了房门出来，她要再去教字的地方听经文，她真的必须好起来才行！

读课的所在，如今改在西墙大院；大抵去的人日多，旧有的位置不够！贞观寻着灯火找来；入夜的山中，有一种说她不出的悄静，更显得寺内的更漏沉沉。

她到时，才知课已经开始，原来连时间都有变动；贞观夹脚进去，待她定心下来；耳内听到的第一句是："贪苦，嗔苦，痴更苦！"

像是网儿捞着鱼只，贞观内心一下子的实在起来：

"世间无有委屈事，人纵不知天心知。"

"抱屈心生虫，做人不抱屈。"

"性乃是命地，命不好是性不好。"

"心是子孙田，子孙不好是心不好。"

"只知有今生，不知有来生，叫做断见。"

"闻至道而不悟，至昧至愚。"

……

连着二个日夜，贞观将所读逐一思想，然而她的心印还是浮沉！

到第三日黄昏，她坐身在从前与银蟾一起的石上，看着殿后的偈语，心中更是窄迫起来。

怎么会是这样呢?! 她变得只是想离开这里；贞观走回禅房，登时收了衣物，且将表嫂托付的包袱寄了尼姑；那尼姑问道："如何就要走了呢？"

"我来之前，没说要多住，这样家中要挂念的！"

"如此情事，贫尼也就不留施主；这衣衫自会交予素云姑，施主释念。"

贞观道谢再三,趁着日落风凉,一人走出寺中;这里到山下,还得四五十分的脚程,她想:就这样走下去吧,反正山风甚凉!她可以坐那六点半的客运车子。

走着,走着,她忽地明白刚才的心为何焦躁,原来今天是银丹表妹欲回家乡的日子;伊十天前才使日本飞台北,今天将跟着大舅夫妇回乡里;而她二姨亦将于明日动身前往美国,她惠安表哥已娶妻、生子,他实践前言,接了寡母去住——

众人都有了着落,独是大信……她为什么还要念着他呢?

天逐渐黑了;贞观走经山路,眺着一处处的火烛,耳内忽卷入一首歌谣曲调:

　　哥爱断情妹不惊,
　　有路不惊无人行;
　　枫树落叶不是死,
　　等到春天还会生。
　　……

贞观觉得她整个人都抖颤起来,她小跑着步子,几乎是追赶着那声音:

　　日落西山看不见,
　　水流东海无回头。

她终于跑到一处农舍才停;歌是自此穿出,庭前有一老妇坐着乘凉。

"阿婆——"

贞观这一近前,才看清楚伊的脸:正是三日前分她茶水的老妇:"阿婆……刚才那歌,是你唱的吗?"

"这——"

那羞赧有若伊初做新娘……

"女孩官,你是——"

"阿婆,三天前我上山去庙寺,阿婆你分我一杯茶水——"

"原来你是,你拜好佛祖了?"

"阿婆,我是——;方才的歌,是你的唱?"

"是——啊,你莫笑!"

"不会,阿婆,这歌极好听——"

"都不知有几年了;我做小女儿时,就听人哼了……你莫笑啊——坐一下,坐啊!"

贞观坐了下来,那心依旧激荡不止。

"阿婆,你再唱一遍,好么?"

"不好,不好,有人我唱不出来——"

她说到最后,葵扇遮一下嘴,笑了起来;贞观想着又问:"阿婆,那个小男孩呢? 就是你孙子——"

"他啊! 他在屋内;把我的针线匣拿去做盒子,养了一大堆蚕! 前一阵子,天天都去摘桑叶喂它们,书也不怎么读,唉! 这个团仔!"

"阿婆,你们只有祖、孙两个?"

"不止哦,他父母去他外公家;明日就回来;阿通还有个小妹——"

"阿婆,你声嗓极好,再唱一遍那歌曲——"

"声喉还行，目睛就差了；昨天扫房间，差一点把阿通的蚕匣子一起丢掉，他都急哭了。"

"这样就哭？"

"蚕此时都结茧了啊；他从它们是小蚕开始养起，看着它蜕皮，看着它吐丝……唉，我的两眼就是不好，年轻时哭他阿公过头——"

"结果呢？有无捡回来！"

"有啊，也不缺，也不少，可是茧泡包着，也不知摔死没有；他昨晚一晚没吃饭呢！我也是心疼！"

"……"

"我今天哄了他一早上，以为团仔人，一下就好，谁知这下又躲着房内了，我去探探！"

老妇说着，站身起来，贞观亦跟着站起；此时忽听屋内的孩子叫道："阿嬷，赶紧，赶紧来看！"

"什么事啊！"

老妇才走二步，孩子已经从屋内冲出来；他手上握紧匣盒，眼神极亮。

"阿嬷，它们没死，它们还活着！"

"你怎么知晓——"

老妇就身去看，说是："果然在动，唔，怎么变不同了？它们——"

孩子喜着接下说道："它们变做蚕蛾了，它们咬破茧泡飞出来！"

怎样都形容不尽贞观此时的感觉，因为她心中的那块痂皮，是在此时脱落下来——

孩子原先站的亮处，此时才看到她，忽又有些不自在起来。

"你还认得我吗？"

"认得——你是三天前那个阿姨……你要看我的蛾儿吗?"

"要啊要!"

贞观近到他身旁,见匣内一只只扑着软翅的蛾儿……她觉得自己的眼眶逐渐湿起;那蛾就是她! 她曾经是自缚的蛹,是眼前这十岁孩童的说话与他所饲的蚕只,教得她彻悟——

老妇想着什么,故意考她孙儿道:"阿通,你读到四年级了,你知晓蚕为什么要吐丝、做茧?"

孩子笑道:"知晓啊——蚕做茧,又不是想永远住在里面;它得先包在茧里,化做蛹,然后才是蛾儿,它是为了要化做蛾,飞出来——"

大信从前与她说过:十岁以前的人,才是真人——她团转了多久的身心,是在这孩童的两句话里安宁下来;怎样的痛苦,怎样的吐丝,怎样的自缚,而终究也只是生命蜕变的过程,它是藉此羽化为蛾,再去续传生命——

贞观于此,敬首告别道:"阿婆,我得走了,我还得去坐车!"

"都快八点了,山路不好走;你不弃嫌,这儿随便住一晚,明早再走——"

"没关系,我赶一赶,可以坐到八点半发的尾班车,晚回去,家里不放心!"

"你说的也对;就叫阿通送你到山下!"

"不好啊,他还小——"

"你不知,他这山路,一天跑个十几趟,而且他带你走近路,走到仙草埔等车,只要十分钟——"

孩子静跟着她出门,一路下山,他都抱着那匣子;贞观望着他,想起自己——贪痴未已,爱嗔太过,以致今日受此倒悬之苦;若不是这十岁童男和他的蚕……

"阿通,我……真的很感激你——"

"没有啊!以后你还会来山里玩吗?"

"我会来!"

候车处的灯光隐隐,贞观又将回到人世间,她在距离山下百余公尺处,停步下来:"阿通,车站到了,我自己下去,你也快些回家!"

"可是,阿嬷叫我送你坐上车!"

"还有廿分钟车才来,我慢慢下去正好;你早些到家,阿嬷也才放心——"

"好,那我回去了——"

"你要走好;阿通,谢谢——"

孩子像兔子一样窜开,一下就不见了身影;贞观抬头又见着月亮:

千山同一月,

万户尽皆春;

千江有水千江月,

万里无云万里天。

她要快些回去,故乡的海水,故乡的夜色;她还是那个大家族里,见之人喜的阿贞观——

所有大信给过她的痛苦,贞观都在这离寺下山的月夜路上,将它还天,还地,还诸世间。

戊午年　台北

正色与真传——后记

第一次看到祖母铰了拇指般大的布,将它摊头痛药膏,贴在双鬓的那年,我才六岁;而十六岁,我才开始读《红楼梦》的!

最近,我忽地想过来:咦!晴雯、熙凤,不也贴的吗?第五十二回,麝月不是说了晴雯一句:"病得蓬头鬼一样,如今贴了这个,倒俏皮了!二奶奶贴习惯了,倒不大显。"

所不同的,荣国府用的是红绫红缎,我祖母倒是不拘颜色、布料;她活到七十好几,一生未离开过嘉义老家,(当然也不识得大字!)她是绝不可能知道——《红楼梦》说的什么,代表何义;晴雯既不可能影响祖母,祖母更不可能影响晴雯,她们的相同处,只在于她们都生身为中国女子;是凡为中国女子,不论民女、官妇,都衬在相同的布幕、背景里,都领受五千年岁月的光与影交织而出的民俗、风情,和一份悠远无限的生活体验。

从前,在还没有塑料袋之时,人们都用废弃的纸张、簿页,一张张卷像现在甜筒的样子再予粘好,一般商店就用这个装小项东西;有个朋友说起:她还是小孩时,她的祖母把她们买零食回来的那些卷纸,一个个收拾起来,等到一定的厚度了,就给巷口开小店的阿婆送去……

"祖母"早年守寡,独力养大五个儿女……是除了与孤老阿婆"同"此"情"外,还有一份对物的珍惜!又说:伊从前住土房子,有一次,小偷来挖墙,祖母摸着一吊钱,就从洞口递给他,小偷因此跪地不起——人类原有的许多高贵品质,似乎在一路的追追赶赶里遗失;追赶的什么,却又说不上来,或者只有走得老路再去捡拾回来,人类才能在万千生物中,又恢复为真正的尊者。

已经好几年了,一直还是喜欢这个故事:圆泽(一作圆观)是唐朝一个高僧,有天与好友李源行经某地,见有个大腹便便的妇人在河边汲水,圆泽于是与李源道:"这妇人怀孕三年未娩,是等着我去投胎,我却一直躲着,如今面对面见了,再不能躲了,三天后,妇人已生产,请到她家看看,婴儿如果对你微笑,那就是我了,就拿这一笑做为凭记吧!十二年后的中秋夜,我在杭州天竺寺等你,那时我们再相会吧!"

当晚,圆泽就圆寂了,妇人亦在同时产一男婴。第三天,李源来到妇人家中,婴儿果真对他一笑。

十二年后的中秋夜,李源如期到天竺寺寻访,才至寺门,就见一牧童在牛背上唱歌:

三生石上旧精魂

赏月吟风不要论

惭愧情人远相访

此身虽异性常存

这就是"三生有幸"的由来!

唯是我们，才有这样动人的故事传奇；我常常想：做中国人多好呀！能有这样的故事可听！

中国是有"情"境的民族，这情字，见于"惭愧情人远相访"（这情这样大，是隔生隔世，都还找着去！），见诸先辈、前人，行事做人的点滴。

不论世潮如何，人们似乎在找回自己精神的源头与出处后，才能真正快活；我今简略记下这些，为了心里敬重，也为的骄傲和感动。